DARIA BUNKO

リミテッドラヴァー

かわい恋

ILLUSTRATION Ciel

JN192176

ILLUSTRATION
Ciel

CONTENTS

この作品はフィクションです。
実在の人物・団体・事件などに一切関係ありません。

リミテッドラヴァー

1.

「ヤマナカ博士《はかせ》、準備が整いました」

研究員らしい白衣に身を包んだ黒髪の男が、クリップボードを博士に手渡した。神経質そうなシルバーフレームの眼鏡を指先で押し上げるこの男は、胸にオーランドと書かれた名札をつけている。

ヤマナカ博士は齢《よわい》七十を超えた、髭《ひげ》も髪も真っ白の小柄な老人である。クリップボードに挟まれた資料を眺め、最後に一人の男性が写った写真を取り上げて満足げな息をつく。

「素晴らしいじゃないか。完璧だな、オーランド」

「ヴィンセント・ジョーンズ、二十八歳。ＢＩＯ－Ｖに入社して一カ月になります。人当たりのよいフェミニスト。適度に恋を楽しんでいる空気が魅力になるタイプの、連れ歩いたら自慢できる男です。多くの女性が恋人にしたいと思うでしょう」

写真の中のヴィンセントは男らしい色香のある非の打ちどころのない顔立ちと、金髪碧眼《へきがん》という甘めな王子系の色合いでいて、シャープな目の形が野性味を感じさせる。フィットネス雑誌の表紙を飾れそうな申し分のない体つきであるのが、スーツを着ていてもわかった。

「実に素晴らしい。きっと〝ツバサ〟の理想的な恋人になってくれるだろうな」

博士は目の前の生体維持装置の厚い強化ガラスの表面をそっと撫《な》でた。

長い長い時間がかかった――。

「やっとおまえを目覚めさせてやれる、ツバサ……」

愛《いと》しげに小さな声で呼びかけた。

生体維持装置の中では、十代らしい少年が溶液に細い肢体《したい》を浮かばせている。

博士の隣に並んだオーランドが、ツバサを眺めて興奮気味に目を輝かせた。

「〝ツバサ〟が上手に動いてくれるといいのですが。わたしも汎用型ＡＩを積んだセクサロイドのデータを取るのが楽しみです」

＊

「ヴィンセント、ヤマナカ博士がお呼びよ。博士の研究室に行ってもらえる？」

午後三時、書きかけの報告書を中断してコーヒーブレイクを取っていたヴィンセントに、豪華な巻き毛を揺らしながらバイオロイド部門のマギーが声をかけてきた。

「ヤマナカ博士が？」

ヤマナカ博士は、ヴィンセントの勤める生体部品製造会社ＢＩＯ‐Ｖのバイオロイド部門責任者である。

バイオロイドとは、いわゆる人型ロボットだ。ＢＩＯ－Ｖはもともと本物の人間の細胞に限りなく近い生体部品を製造してきた。生体部品は、事故や病気で身体の一部を失った人間が機能を補うためのものである。

ＢＩＯ－Ｖは十年ほど前にロボット製造会社を吸収合併し、近年ではバイオロイドの開発に力を注いでいる。

バイオロイドは家事用、力仕事用、救命活動用からラブドール――いわゆるセクサロイドまで、範囲は広い。

とりわけヤマナカ博士の開発した量産型セクサロイド『ラヴァー』シリーズは爆発的なヒットを生んだ。博士のおかげで会社は潤い、ＢＩＯ－Ｖでも特別に優遇されている彼は有名人である。営業部門である自分と大して接点のない博士が、なんの用事があるのだろう。

そんな疑問は脇に置き、ヴィンセントは椅子に掛けたまま上目遣いにマギーを見た。

「どうせなら博士じゃなくてきみに呼ばれたいけど。終業後にでも」

美女に対するいつもの軽口は挨拶みたいなものだ。猫のようなアーモンドアイが印象的なマギーは、笑いながらヴィンセントの肩に手を置いた。

「お酒ならいつでもつき合うわよ。いつものバーにでも行く？」

マギーと出会ったのはときどき行くバーでだった。ヴィンセントが転職先を探していると知ったマギーの紹介で、ひと月ほど前に今の会社に入った経緯がある。彼女が華やかな外見に似合わず、バイオロイド部門の研究者だと知って意外に思ったものだ。

　ヴィンセントは「じゃあ近いうちに」と誘うような笑みを残すと、博士の研究室に行くために席を立った。

　長い渡り廊下を歩き、隣の研究棟へ。博士の研究室へ足を運ぶのは初めてだが、場所は知っている。

「失礼します、ヤマナカ博士。ジョーンズです。お呼びと聞いて伺いました」

　ノックをして研究室に入ると、博士はヴィンセントを見て破顔した。

「おおジョーンズ……、いや、ヴィンセントと呼んでいいか？　よく来てくれた。相変わらずの色男ぶりだの」

　ヴィンセントは営業職らしい人当たりのいい笑みを浮かべた。博士とは一度研修で会ったことがある。自分を覚えていてくれたらしい。

「お褒めいただき光栄です。お好きに呼んでいただいて構いません」

　博士は年齢にそぐわぬいたずらっぽい目でヴィンセントを見上げた。

「ではヴィンセント。早速だが、きみをＢＩＯ－Ｖ一のプレイボーイと見込んで頼みがある」

　色男だのプレイボーイだの、博士の言葉についつい笑ってしまう。

「特定の恋人がいないだけですよ、博士」

「老若男女こだわりなく恋愛を楽しんでいると聞いたがね？」

マギーからの情報だろう。笑顔のまま受け流した。

「さすがに子どもに手は出しませんよ。それに、私生活について口を出される謂《い》われはありません。仕事をおろそかにすることはないですから」

だいたい自分は社内の人間とはそういう関係にならないことにしている。仕事と私生活を切り離すのは当然の配慮である。

それでもマギーに声をかけたりするのは、別にベッドを目的としているわけではない。単に美しいものを愛《め》でてともに時間を過ごすのが好きだからだ。

ときには口説き文句も口にするが、ゲームみたいなものである。いうなれば言葉遊び。それを理解できないような相手には、そもそもゲームを仕掛けたりはしない。

「おお、もちろんだとも親愛なるヴィンセント。だからこそきみなのだよ」

博士は親しげに肩を抱いてくる。

「きみにある仕事を頼みたい」

耳もとで囁《ささや》く博士の声のトーンが変わった。どうやら真面目な仕事の話のようだ。ヴィンセントも意識を切り替え、表情を引き締めて博士を見る。博士は満足げに頷《うなず》いた。

「きみが仕事に関しては非常に優秀で口が固いのは知っておる。他言無用と念を押す必要はないだろう」

「もちろんです。お引き受けするかどうかは、お話を伺ってからになりますが」

「断られんことを祈るよ」

博士はヴィンセントを奥の実験室に連れて行った。ここはすでに博士のプライベートルームも同然の空間である。普通の社員が足を踏み入れることはない。

生体溶液に浸された生体部品が浮かぶガラス管が整然と並び、異様な雰囲気を醸し出している。それらは人間の臓器となんら変わりなく、まるで標本のようだ。

ガラス管を横目で眺めながら博士の後をついて歩く。博士は天井から吊《つる》された分厚いカーテンの前で立ち止まった。

博士はテーブルから小さなガラス管を手に取った。中には小さな小さな透明の爪が浮かんでは沈みして――。

「ヴィンセント。きみはこの〝部品〟に生命は宿っていると思うかね？」

「は？」

「つまり、これらを人間と認めるかということだ」

「……考えたこともありません」

義足なり義眼なりとして人間に接合されてしまえば、それは人間の一部だとは思うけれど。

「ふむ。ではサイボーグはどうかね？」

サイボーグは体の一部を機械に換えた人間のことである。

「それは人間でしょう。根幹が人間ですから。たとえ人工脳に記憶を移植したのだとしても」

「そこに意思が介在するか否か、ということか。では植物状態の人はどう思う？　意思を失って、機械で生命だけが維持される状態を人間といえるかね？」

「それはそうですよ。眠っていても人間です。意思はなくとも体は死んでいません」

なにが聞きたいのだろう。

「ではバイオロイドはどうかね？　人の形をし、自己で判断をして動く彼らは人間といってよいかね？」

博士の質問の意図はわからないが、自分なりに思ったことを言ってみる。

「バイオロイドはロボットです。彼らの判断とはプログラムにすぎない。あなたの言葉を借りれば、そこに意思は介在しない。人間ではない証拠に人権もない。そうじゃありませんか？」

博士はどことなく悲しそうな表情で頷いた。

「よろしい。きみの認識を確かめたかっただけだ」

手にしたガラス管を側《そば》のテーブルに戻し、博士はカーテンに近づいた。壁のボタンを押すとカーテンはするすると上がっていく。

露《あら》わになったカーテンの向こう側には、筒型の水槽のような生体維持装置が置かれていた。

そこに入っているのは――。

「博士……これは……？」

桜色の爪を持った華奢《きゃしゃ》なつま先と、うっすらと薔薇《ばら》色がかった膝の丸み。

淡い藻を揺らす下肢には、この美しい脚のラインが少女のものではないと象徴する器官がたゆたっている。

腹の中央のささやかな窪《くぼ》みの愛らしさ。うすい胸を彩る二つの小さな宝石。

「男の子……？」

生体維持装置の中には、十代と思《おぼ》しき少年の体が溶液の中に浮かんでいた。

閉じられたまぶたの下の瞳を見てみたい。きっと愛くるしいだろう。顔立ちだって天使のごとく美しいのだから。

「汎用型ＡＩ搭載のセクサロイド〝ツバサ〟だよ」

「……セクサロイド？」

これが？　どう見ても本物の人間にしか見えない。

茶色の髪は一本一本が繊細に額や頬にまとわりついているし、近づいてよく見れば滑らかな皮膚にはきめ細かな皺《しわ》も刻まれている。ささやかな産毛には気泡を孕《はら》んでいるのすら確認できた。

「ツバサは『ラヴァー』と違って、高い人工知能を備え、臓器まで完全な生体部品を使用しておる。汎用型ＡＩは周囲の状況や言動、行動を読み取り、学習して自己判断し、成長する。外部もより人間に近いことをコンセプトに作られておるから、起動したら普通の人間と見分けはつかんよ」

どうりで精巧なわけだ。

量産型セクサロイド『ラヴァー』の作りは単純である。皮膚は手触りのよさを追求した仕様とはいえ、ツバサのように皺までリアルに作り込むことはない。当然内臓などなく、体毛も頭髪と局部程度であり、知能にいたっては小学生レベルといっていい。

場合によってはインテリタイプを好む客のためにオプションで知能を植えつけはするが、コンピュータを抱いている気にでもなるのだろう。知能を抜いてくれと言ってくる客もいるくらいである。

愛玩物《ペット》はその知能の低さも含めて愛らしいものだ。従順で愛くるしくセックスのテクニックに長《た》けていること、それがセクサロイドに求められるすべて。

「これはまだ試作品でな、他に同じものは作っておらん。産毛の一本一本まで私の手作りだ。作るのにとても時間がかかった」

博士は愛しげにツバサを見つめた。

「今後、量産型の『ラヴァー』とは違う、たった一人の恋人として、生涯のパートナーたりうるセクサロイドを作っていく予定だ」

「で、俺に何をしろと言うんです、博士」

なんとなく話の流れからわかっている気はするが。

「それはわたしからご説明しましょう」

突然後ろから声をかけられて驚いた。

振り向くと、白衣に身を包んだ研究者然とした男が立っていた。黒髪にシルバーフレームの眼鏡が知的な印象の、三十代半ばのなかなかの男前だ。

白衣を脱いだらけっこういい体をしていそうで悪くない。カフェで見かけたら声をかけてみたいタイプだと思った。

「彼はオーランド。セクサロイド研究開発チームの一人だよ」

よろしく、と握手を求めるオーランドの手を軽く握り返す。眼鏡の奥の瞳がヴィンセントの様子を観察しているようで妙な違和感を覚える。

実験動物を見るような目だ。面白いわけではないが、軽くほほ笑んでみせた。オーランドはすっと目を細めて手を放し、書類に目を落とした。

「もうおわかりのことと思いますが、ツバサのデータを取りたいのです。そのためのご協力をあなたにお願いしたいのですが」

そうではないかと思っていた。オーランドの自分を見る目もそれで説明がつく。これは被験体を見る目なのだ。

「ツバサは十八歳の日系人仕様。設定は未経験《バージン》です。ツバサにはあらかじめあなたを愛しているという記憶を植えつけます。あなたはツバサの恋人として振る舞ってください。プレイは過激すぎない範囲でご自由に」

淡々と説明するオーランドを観察する。いかにも数字が恋人といったコンピュータ人間のようだ。

「あなたの性癖や身体的特徴については守秘されますのでご安心を。データ採取上、射精は体内が望ましいですが、体外射精でも問題はありません。期間は八週間。約二カ月です。その間はこちらで用意するゲストルームでお過ごしください」

もちろん部屋はモニタリングされていて、自分たちの行為は丸見えという話だろう。

「試験期間中、記録とメンテナンスのために毎週土曜の午前中にツバサとともにこちらに来ていただきます。試験中はツバサの行動していいエリアを定めています。バイオロイドにはGPSが取りつけられていますが、エリア外への外出の際にはあらかじめご連絡をお願いします。よろしいですか？」

ようやっと書類から顔を上げてヴィンセントを見たオーランドに、どんな男女も落とすと言われる極上の笑みを向けた。

「お断りします。あなたが相手なら考えてもいいですが」

こんな答えは予想外だったのだろう。レンズの向こうの目がわずかに見開かれた。

こいつの方がロボットじゃないかと思うような堅物から、ちょっとだけ人間らしさを引き出すのは楽しい。

オーランドの反応に満足して、ヴィンセントは魅力的にほほ笑んだ。

「冗談ですよ、喜んでお引き受けします。こんな可愛い子と恋人ごっこできるなんて、美味《おい》しい話ですからね。それに営業として自社製品を知っておけるチャンスは逃せません」

オーランドの頬がかすかに紅潮する。からかわれたのを怒ったのか、ヴィンセントの笑顔にときめいたのかはわからない。自分としては後者を望むけれど。

正直、ツバサのような少年でもオーランドのような大人の男でも、問題なく自分の守備範囲内ではある。

軽く咳払《せきばら》いをして、オーランドがずれてもいない眼鏡を直しながら続ける。

「……なにかご質問は？」

「どうでもいいと言えばどうでもいいんですが、女性型のセクサロイドの相手でなくていいんですか？」

「そちらについても計画されています。少年モデルの他にも成人男性、成人女性、少女といったモデルを企画しています」

なるほど。ツバサは男性向け少年モデルということか。この国では二十年ほど前から同性婚が可能になった。とはいえ、まだまだ世間的には異性婚が圧倒的な数を占めているから、同性向けの需要も少なくないだろう。

「他に聞いておきたいことはありますか」

「この子は自分がセクサロイドだということをわかっているんですか？　自分を人間で、本当に俺の恋人だと思っているなら、こちらも態度や言葉に気をつけますが」

「記録を取る必要がありますからね。そこは認識させますので、ご心配なく。とはいえ、試験期間中は恋人になりきってください」

まさに恋人ごっこである。

「ああ、それと、この試験については会社の上層部と、ミス・マギーを含めたバイオロイド研究チームの人間しか知りません。社員を含む他者には内密にお願い致します。普通に人間の恋人という態《てい》でならご紹介いただいて構いませんが」

「承知しました」

「言い忘れましたが、ツバサは〝本物の恋人〟をコンセプトに作られています。さきほど博士がおっしゃったように、限りなく人間に近い仕様です。それゆえ睡眠や食事までプログラムに含まれます。させなければ体調を崩すでしょう」

体調、と言われて驚いた。プログラムとはいえ、それでは人間と変わりないではないか。飲食もできる上、疲れれば眠るなんて。

ということは――。

「それは……、傷をつけたら血も出るし怪我《けが》もするということですか……？」

オーランドは当たり前のようにすらりと、

「もちろんです」

と返した。

――では、もし異常な趣味の人間がツバサを手に入れたとしたら、本物の人間にはできないような非道な行為を、本物の人間の反応とまったく同じままで、法を犯さずにこころゆくまで楽しめるということではないか？　どんなに精巧に作られていても、所詮《しょせん》ツバサは作りもの。意思の介在しない人形なのだから……。

このセクサロイドの未来が明るいばかりではないのかもしれないと考えると、せめて自分はやさしくしてやろうと思った。

金曜の夜、ドアチャイムの軽やかな機械音が、待ち人の来訪を告げる。

空に星が瞬く頃、市街地の中心部の広い公園内にそびえるタワーマンションの最上階で、ヴィンセントは〝恋人〟を心待ちにしていた。

シチュエーションとしては、二人で暮らしている部屋にツバサが帰ってくるところからスタートすると言われた。いくら互いに試験と自覚しているとはいえ、研究室で「これから恋人です」などと引き会わされるより、よほど自然でありがたい。

ドアモニターで確認すると、カメラを少し見上げる位置でツバサが立っていた。シャツにデニムを身につけただけの、その年代らしい格好だ。

小づくりの顔はそれぞれのパーツが嫌みなく完璧に並び、どんな色だろうと想像していた瞳は、虹彩《こうさい》まで人間と変わりない淡い茶色だった。

好意を持って、恋人らしい親密そうな笑みでドアを開けて迎えた。

「おかえり、ツバサ」

ツバサはヴィンセントを見て、胸を衝《つ》かれたように目を見開いた。

「ツバサ……？」

知らない人間だと思ったのか？　ヴィンセントの情報はあらかじめインプットされていると聞いているが。

ツバサはみるみる瞳を潤ませ、力いっぱいヴィンセントにしがみついてきた。

「あ、会いたかった、ヴィンセント……！」

ここまでの反応は予想外で、少々面食らう。いくらヴィンセントが大好きな恋人と刷り込まれているとはいえ、大袈裟《おおげさ》すぎではないか。

だがとりあえず自分のことはわかっていると知れて安心した。まだ起動したてで不安定なのかもしれない。

恋愛経験豊富な自分は、こんなことでうろたえたりはしない。細い肩を震わせてヴィンセントの胸に顔を埋《うず》めるツバサの背を、そっと抱きしめる。

泣いている子にはキスが効果的だ。

なだめるように頭のてっぺんに唇を落とすと、甘い髪の匂いがした。キスの感触に顔を上げたツバサにやさしくほほ笑んでみせる。

「ただいまと言ってくれたら嬉《うれ》しいな。夕食を用意してあるよ」

ツバサはなにかを探すようにヴィンセントの顔を見つめていたが、すぐにはにかんだ表情に変わって視線を伏せると、浮いた涙を手の甲で拭《ぬぐ》った。

「ごめんなさい……。ただいま、ヴィンセント」

自分の行動に照れているように見えて、博士の研究室で生体溶液に浮かんでいるのを見ていなければ、本当は人間なのではと疑ってしまうほどだ。

ツバサの声は想像より落ち着いた、やわらかい響きを持っていた。

ツバサの肩を抱いたままリビングダイニングへと誘う。

会社が用意してくれた部屋は、贅沢《ぜいたく》すぎるほど広くて設備が整っていた。

タワーマンションは円筒状に高くそびえていて、各階に一室のみという作りである。エレベーターが建物の真ん中を貫き、外に面する壁がすべて嵌《は》め殺しの偏光ガラスになっているおかげで、公園や街並みを三百六十度見渡せる。

ダイニングテーブルに並んだとりどりの料理を見て、ツバサが感嘆の声を上げた。

「これヴィンセントが作ったんですか？」

　ヴィンセントは笑いながら、サラダを皿に取り分けた。

「まさか。俺が作れるのはパスタくらいのものさ。ケータリングだよ。今日は初めて二人で過ごす夜だから、特別にね。明日からはパスタオンリーになるから、今夜はたくさん食べてくれ」

　気を楽にしてやろうと軽い口調で言うと、ツバサの緊張していたらしい肩からわずかに力が抜けるのがわかった。

　ロボットが緊張とは変な言い方だが、そう見えたのだから仕方ない。そんな反応も初々《ういうい》しくて、まったくよくできた人形だと思う。

「食べようか。座って」

　本当に食べられるのかと訝《いぶか》しんだが、ツバサは人間と変わりなく料理を口に運んでいく。背を伸ばして座り、きちんとした食器の使い方は、育ちのよさを感じさせる。

　ヴィンセントは営業という仕事柄、和《なご》やかな空気を作るのが上手《うま》い。天気や料理の話など、当たり障りなく、返答しやすい会話を続けて緊張をほぐしてやる。

　食事が終わる頃には、ツバサも愛らしい笑顔を見せてくれるようになった。

　食後はリビングに移動し、ソファに座ったツバサの前に紅茶のカップを置いて隣に腰かける。

「ごちそうさまでした。とても美味しかったです」

「それはよかった」

ヴィンセントが出した紅茶の香りをかいだツバサが、「いい匂い」と顔をほころばせた。

さりげなくツバサを観察する。

すんなりと伸びた手足と華奢な体、涼やかなうなじに十代特有の清潔な色香を感じる。

こうしていると、本当に人間と見分けがつかない。自分の意思で動いているのではないかとすら思ってしまう。

不思議な気分だ。この子が自分の恋人。

悪くない。酒を飲んだり駆け引きを楽しんだり、大人のデートはできないが、大人の「行為」はできる。日系人仕様なのは、同じ年齢でも東洋人は幼げに見えるから、そういうタイプを好む客向けなのだろう。自分からすれば罪悪感を持ちそうなギリギリの外見だが。

設定は〝未経験《バージン》〟と言っていた。こんないたいけな子を好きにしていいなんて、男の願望そのままだ。二カ月の間、楽しませてもらうとしよう。

紅茶を飲み干したツバサがそわそわと体を揺らし、甘えるような視線を向けてきた。

「あの……、もっと近づいていいですか」

くっつきたくてたまらない、という感じだ。

可愛いなと、素直に思った。でもこれがプログラムだと知っていると、いい歳《とし》をして人形遊びをしているようで心の中で苦笑する。

「いいよ、おいで」

両腕を広げると、嬉しそうにヴィンセントの腕の中に納まる。

幸せそうに抱きついてくるから、こちらまで幸せな気分が胸に溢《あふ》れてきた。本当に自分のことが好きなんだなと思うと、どんどん可愛く見えてくる。

人間と変わらない体温と、やわらかな体。どきどきと鳴るツバサの心臓の鼓動が服越しに響いたとき、彼を知りたい欲求が急速に盛り上がった。

「ツバサ」

「はい？」

ツバサの頬を、指の背で誘うように撫でる。

「きみの肌が見たい」

ツバサは目に見えて頬を紅潮させた。そんな反応はとても作りものとは思えないほどリアルだ。

「………、あなたが、望むなら……」

小さな声でかろうじて呟《つぶや》く様は、恥じらっている無垢《むく》な恋人そのものである。

くすぐるように指で顎《あご》を持ち上げると、細い肩がビクッと震えた。不安そうに見上げてくる仔犬《こいぬ》みたいな濡《ぬ》れた瞳が、情欲に火をつける。

ピンクの花びらのような口唇をやわらかく食《は》むと、戸惑いながらもそこは薄く開いてヴィンセントを受け入れた。

「ん……」

キスには自信がある。ヴィンセントのシャツの裾をギュッと握っている手を撫でさすって解《ほど》き、指と指を絡《から》めた。指の間をやさしく愛撫《あいぶ》しながらキスを深めると、甘いため息とともにツバサの体から力が抜けていくのがわかった。

「好きです……、ヴィンセント……、好き……」

ツバサは胸の奥から愛情が迸《ほとばし》り出たような声で、口づけの合間に呟く。好き、という言葉にふわっと甘い気持ちがした。

一夜限りの恋の相手とでも、愛の言葉を交わすことはある。けれどあくまでその場の雰囲気を盛り上げるためであり、相手もそれを承知で楽しんでいると知っている。

だがツバサはあらかじめヴィンセントを愛しているという感情を刷り込まれているせいで、偽りのない真摯《しんし》な響きだ。

こんなに無垢な愛情を寄せられると、応えてやらねばという気にさせられる。

「好きだよ、ツバサ……」

できる限りの情感を込めて囁くと、ツバサはキスに夢中になって、つないでいない方の手でヴィンセントの首を抱き寄せた。

ツバサの中に芽生えた官能の種火を煽《あお》りたてるように、わざと音をたてて舌を絡める。ツバサの腰がふるりと揺れて、自分から身をすりつけてきた。

ツバサの舌はもうヴィンセントの動きにすっかり馴染《なじ》んで、まるでずっと前から恋人同士だったように自然な動きでキスを続ける。

シャツのボタンを一つ一つ外し、脇下に手を添えて小粒な尖《とが》りに親指を這《は》わせた。

「あっ……」

小さな喘《あえ》ぎとともに、触れていた唇が離れてしまう。

怯《おび》えた視線を向けられて、安心させるためにツバサの前の床に膝をついて座り、下から見上げた。

「怖がらないで。やさしくするから」

目線を下にしてやることで相手は落ち着くものだ。

ツバサはこくりと頷くと、無理をして作ったような笑みを浮かべた。

それがまるで、怖いけど我慢してます、という気持ちが溢れているようで、愛しさがぐっと募《つの》った。

恋人が求めるなら応じたい——その態度が相手にどれほど優越感と愛情を呼び起こすか、この子はちゃんと知っている。愛されるために生まれてきたのだから。

ツバサのシャツを開くと、滑らかな肌が露わになった。博士の研究室で見たときと同じ小さな桜色の先端は、緊張のためかすでに尖っている。

細い体を抱き寄せて胸粒を口に含むと、ツバサの体がビクンと跳ねた。

「ひゃっ……」

シャツの下に手を潜り込ませ、緊張で強《こわ》ばる背を撫でるとかすかに汗ばんでいる。

緊張している、と思うと不思議な気がした。緊張するロボット？

いや、これはプログラムだ。そう反応するよう作られているだけ。

ＢＩＯ－Ｖの高い技術は人工皮膚から汗をかかせることができる。皮膚を破れば人工血液を出すことも。眼球だって内臓だって、本物と遜色ないものを作り上げている。それが生体部品と呼ばれるものだからだ。

だが通常は欠損した部位を補う一部分を使用するにすぎない。けれどそれが丸々人間一人ぶん、このツバサに使われているのだ。まさにＢＩＯ－Ｖの技術の結晶である。

密着した胸から、早い心臓の鼓動が聞こえてくる。この薄い皮膚の下に、作りものの心臓があるのだ。

ツバサのことをもっと知りたい、もっと見たい。

体に手を添え、そっとソファの上に横たえる。ツバサは怯えと羞恥で潤んだ瞳でヴィンセントを見上げた。

「大丈夫、乱暴にしたりしない。全部俺に任せていればいい」

片手で頬を撫でると、手のひらに頬をすり寄せて甘えてくる。信頼している、と行動で訴えかけてくるいじらしさに、やさしくしたくてたまらなくなった。

そのまま手のひらで首筋を撫で、肩を剥《む》いて肌を露出させる。

乳首の先端を指の腹で掠《かす》めると、ツバサの体がすくんで薄い胸が上下した。

「可愛いよ」

ツバサは赤く染まる顔を見られたくないように、握った拳で目もとと口もとを隠そうとする。

意図しているのかいないのか、脱げかけたシャツの袖が拳を半分隠しているのが、凶悪なほど愛らしい。

こうやって男心をくすぐる動きをするのかと、つい考えてしまう。

「顔が見たい。隠さないで」

やさしく両手首をつかんで開き、顔の横で押さえた。真っ赤な頬にキスを落とすと、仔猫のようにきゅっと目をつぶる。

あまりにも初々しくて、すでにヴィンセントのボトムの下で興奮が高まってきている。

顔を隠すなと命ぜられたからか、手を離してもツバサはそのままのポーズでヴィンセントを目で追った。羞恥の涙を浮かべながらも、デニムに手をかけても抵抗しない。

懸命に恋人の求めに応じようとする姿が健気で興奮を煽る。

デニムの前立てを開くと、下着越しにすでにツバサの性器が半分頭を持ち上げているのがわかった。

見たい――。

これは精巧なセクサロイドに対する好奇心か、単純な性欲か。

「少し腰を上げて」

一枚ずつ脱がすのはかえって恥ずかしかろうと、下着ごとデニムをつかんでひと息に取り去った。

——思わず息を呑《の》んだ。

ヴィンセントの目に晒《さら》された体の美しさ。

肉づきの薄い腰から、少年らしい無駄な脂肪のない脚が伸びている。日系人らしく、うっすらクリームがかった温かい色合いを持つ白い肌には一点の曇りもない。

全体的に細身ながら均整の取れた長い手足は、血統のいい短毛の仔猫を連想させた。

その体に似合うサイズの性器も、まだ未使用の色と形状をしている。滑らかな下腹の上で膨れ始めたペニスの先端には、透明の露が結んでいた。

すべてがリアルで、もっと深い部分まで彼を知りたくなる。

「きれいだ、ツバサ……」

脛《すね》に口づけると、ぴくんと膝を震わせた。そのまま自然に膝を立たせれば、ツバサの秘められた部分が双丘《そうきゅう》の間から見え隠れする。

その繊細な襞《ひだ》に触れてみたくて、中指で中心をそっと押してみた。

「あ……」

ツバサが小さな声を上げ、襞は異物の侵入を拒むようにきゅんと固く口を閉ざした。

軽く押しながら指の腹で円を描くようにマッサージすると、そこはわずかに湿り気を帯びてくちくちと音を立てる。

「ん……、ん……」

ツバサの雄蕊《ゆうずい》がひくひくと揺れている。感度のいい体らしい。

折り曲げた指の関節を唇に当て、慣れない感覚をこらえるツバサの頬が真っ赤に火照《ほて》っている。脚も体も痙攣《けいれん》するように細かく震えて、今にも息をつまらせてしまいそうだ。

羞恥と怯えが混在するあまりにも痛々しい反応に、この先に進んでいいか少しためらう。

強引に体を開いてしまってもおそらく受け入れるのだろう。そのようにできているのだから。

でも――。

博士からは〝本物の恋人〟になりきってほしいと言われている。彼をただのセックスドールと思って接してはいけない。一人の人間として、恋人として扱わねば。

本当に自分の恋人だったらと考えると、無理はできない。というか、自分は無理強《じ》いをしたくない。

そもそもこの部屋はモニタリングされている。試験なのだから記録や観察は致し方ないとはいえ、初めてくらいは恋人以外に見られないよう抱いてやりたい。なによりツバサはまだ緊張しすぎている気がする。

「ツバサ……、怖い？」

極力やさしい声で聞いてみるが、返事ができるほど余裕がないのだろう。逆に閉じかけた膝に力が入って強ばった。

だめだ、もう少し時間をかけるべきだ。

ヴィンセントは嘆息して自分の中の熱を逃すと、ツバサの手を引いて抱き起こした。

「え……？」

ツバサは戸惑ってヴィンセントを見る。

ヴィンセントはツバサのシャツの前を合わせて体を隠した。

「俺のために頑張ってくれてありがとう。とてもきれいだった。怖いのに無理をさせてごめん、もう服を着ていいよ」

ツバサは不安げな表情で瞳を揺らめかせた。

「ご、ごめんなさい……！　怒りましたか……？」

「どうして？」

「だって……、ぼくが……、つまらないから、やめたんでしょう……？」

彼の存在意義が否定されたと思ったのだろうか。

ツバサを安心させるためにできるだけやさしく笑いかけた。

「違うよ。あんまり可愛くて、あのままだと泣いてもいやがっても、やめてあげられそうになかったから」

ツバサはそれでも必死にヴィンセントに取りすがった。

「ぼくは大丈夫です……！　だから……！」

「ツバサ」

ぽんぽん、と背中を叩《たた》いて落ち着かせようとする。

「どうして焦《あせ》ってる？　時間はたっぷりあるんだ。今日でなくとも、きみがもっと安心して身を任せられるようになってからでいい」

ツバサは胸の上でシャツをぎゅっとつかみ、苦しげに眉を寄せた。

「好きです……、好きなんです、ヴィンセント……。あなたのものになりたい……」

「……なにをそんなに急いでるんだ？」

真摯な瞳がヴィンセントを見上げる。

「……不安なんです、あなたがいなくなってしまう気がして……」

不安を感じるロボット？　セックスに特化しているはずのツバサの存在意義的に、体を与えないと相手の気持ちが離れてしまいそう、という意味なのだろうか。

なんにせよ、不安だというなら安心させたい。

「俺はいなくなったりしないよ」

両手で頬を包み、鼻の頭に、ちゅ、と軽いキスをすると、ツバサが驚いたように目を瞬いた。

「わかった。ベッドに行こう。シャワーを使ってくるから、きみも俺の後にシャワーを使っておいで」

ツバサは赤い顔のまま、こくりと頷いた。

シャワーを浴び、自分と交代でバスルームにツバサが消えるのを確認してから、ベッドルームへ行って部屋を見回す。

家の中はすべて監視が入っているだろう。わざわざ聞きはしなかったが、おそらくキッチンやバスルームにさえ。

どこで行為が始まるかわからない、というのもあるだろうが、高価な商品であるツバサに万一ヴィンセントが危害を加えないとも限らないことを考えれば当然だ。

「………」

本当の恋人だったらどうする?

抱いてほしいと必死になる表情と、怯えと羞恥で気を失いそうになっている姿が交互に頭の中に浮かぶ。

「お待たせしました……」

かちゃりとドアが開いて、真っ白なバスローブに身を包んだツバサがベッドルームに入ってくる。

一応乾かしはしたのだろうが、まだ湿り気を帯びた髪と上気した頬が扇情的だった。

と思う。

緊張の滲《にじ》む口もとを見て、未成年じゃなかったら酒でも飲ませてリラックスさせてやるのに、

ヴィンセントはベッドに片肘をついて横になると、「おいで」と腕を差し伸べてツバサを誘った。

ツバサはおずおずとした足取りでベッドに近づく。手の届く距離に来たときに、手首を引いてベッドに引き込んだ。

「あっ……」

胸にぶつかるほど引き寄せれば、シャワーで温められた体が硬くなる。清潔なシャンプーの香りが欲情を煽った。

リモコンで部屋の灯りを消すと、間接照明に切り替わって部屋の中が幻想的なほの暗い色合いになる。

自分の肩口に置かれたやわらかな手を取り、ぎゅっと力を込めて握った。

ツバサが小刻みに震えているのを感じながら、恋人ならこう言って安心させてやるだろうと、耳もとで囁く。

「愛してるよ……」

額に唇を落とし、しなやかな細い肢体を抱き寄せた。

2.

朝の光の中で、愛らしい恋人の寝顔を見つめる。

こちらに顔を向け、唇を薄く開いたまま寝息を立てるツバサの長いまつ毛が、ぴくりと動いた。

「ん……」
二、三度まぶたを痙攣させたと思うと、ツバサはゆっくりと目を開いた。
「おはよう、ツバサ」

ほほ笑みながら、つないだ手を引き寄せ、甲にキスをする。

昨夜から手をつなぎっぱなしだったことに気づき、ツバサがはにかんだ笑みを浮かべながら、

「おはようございます……」

きゅっとヴィンセントの手を握り返す。

「さあ、朝食を食べて研究室に行こうか。用事はさっさと終わらせて、今日はデートしよう」

メンテナンスと記録のために研究室を訪れるのは、毎週土曜日の午前中を予定している。試験を金曜の夜にスタートしたのは初夜のデータが欲しいからだろうか、初めはゆっくりと週末を過ごさせてやろうという配慮からか。

昨夜の残りを温め直して、簡単な朝食を用意した。

一晩中寄り添って眠ったおかげで、二人の間に流れる空気が軽い。ツバサがヴィンセントの存在に慣れてきているのがわかる。

食器を片づけるために立ち上がったときに、自然にツバサにキスをした。

嬉しそうに笑ったツバサが、食器を洗うヴィンセントの後ろから抱きつき、背にこつんと額を当てて甘えてくるのがとても可愛いと思った。


「ヴィンセント、これはどういうことです?」

オーランドが眉を寄せながら、診察台に腰かけたヴィンセントを見下ろす。ヴィンセントは軽い笑みでオーランドの質問をあしらった。

「どう、とは?」

「どうしてツバサを抱かなかったんです? あなたの役目でしょう?」

「俺の役目はツバサの恋人であることだと思ったけど? 男娼《だんしょう》を相手にしてるつもりはないよ。いつセックスしようが俺たちの自由だろう」

昨夜はツバサを抱かなかった。

まずは自分の匂いと体温に慣れてほしくて、ツバサを胸に抱いたまま手をつなぎ、眠ってしまうまでキスと囁きを繰り返した。

最初は怯えと不安でガチガチだったツバサは、だんだんと安心して体の力を抜いていった。

抱いてしまっても、ツバサは喜んだかもしれない。体をつなげれば、もっと深い安心をあげられたのかも。でもこれでよかったと思っている。

セックスまでの時間は短くとも、本当の恋人らしく手をつなぎ、キスをして、それから抱き合いたい。

オーランドは不満げにヴィンセントを見つめたが、気にしなかった。

「やあ、待たせたのぅ、ヴィンセント」

別室でツバサのデータを採っていたヤマナカ博士が、ツバサを伴って部屋に入ってくる。

ツバサはヴィンセントを見てパッと顔を輝かせた。主人を見つけた仔犬のようで愛くるしい。

「ヴィンセント」

急いで近づいてくるツバサを立ち上がって迎えた。

「大丈夫？　怖いことされなかったか？」

やさしく問いかけると、ぜんぜん、と首を横に振った。嬉しそうなツバサを見て、博士はうんうんと頷いた。

「可愛がってくれておるようだの。ツバサもよく懐《なつ》いたものだ。この子は引っ込み思案だから、きみみたいに紳士的に接してくれる男性がいい。頼んだぞ、ヴィンセント」

まるで父親だ。

いや、実際父親気分なのだろう。長い時間をかけて手作りしたというバイオロイドは、博士の子どもも同然の存在に違いない。

引っ込み思案というのは、日本人のおとなしい気質を反映しているのか。自分にだけ懐かれるのは、庇護《ひご》欲をそそる。

オーランド一人がもの足りない顔をしていたが、ヴィンセントはツバサを促《うなが》してさっさと歩きだした。

「ではまた一週間後。俺の恋人なんだから、あんまりじろじろ見ないでくださいね」

モニタリングは控えめにお願いしたい、と釘《くぎ》を刺したつもりだが、きっと無理だろうなと思いながら研究室を後にした。

＊

「博士、二人の間に性行為がなかったことをどう思います？」

ヴィンセントとツバサが出て行ってから、オーランドは信じられないというように頭を振った。

「セクサロイドですよ？　そのための存在だ。なぜ……」

「ツバサの怯え方を見て気遣ったんだろう。それだけ人間に近い行動をするということだ。これからが楽しみだの」

オーランドは今日記録した二人のデータを眺め、納得して息をついた。

「……そうですね。初めてならそれが自然なのかも知れません。汎用型ＡＩのセクサロイドは量産型のラヴァーとは違うのでしたね」

「〝本物の恋人〟か……」

ヤマナカ博士はぽつりと呟いて、ツバサの写真を愛おしげに指先で撫でた。

＊

「行きたいところはある？」

車に乗り込みながら隣のツバサに問いかける。

「あなたとならどこでも」

という、従順な恋人として理想的な答えが返ってきた。予想通りだ。人形らしいとも言える。

男の自尊心をくすぐって、悪くはないのだが……。

「だめだよ。ちゃんときみが行きたいところを考えて」

ほほ笑みながら促すと、ツバサはやや顔を傾けてしばらく考えた。

「……海が見たいです」

「いいね。そうしようか」

ロボットの意向を聞くなんて、冷静に考えたら馬鹿げている。だが一緒にいる時間が長くなればなるほど、ツバサがロボットだと思えなくなってくる。

触れればちゃんと温かく、どこを取っても人間となんら変わりない。

カーオーディオが静かな音楽を流し続ける中、会話がなくとも穏やかな空気でいられた。ツバサもリラックスしているようだ。外を流れる景色を眺めている。

長く走っていた海岸線の道路の防護壁が途切れ、鮮やかな海の青さが視界に飛び込んできた。

「わあ……」

ツバサが感嘆の声を上げる。

きらきらと光る海面が目にまぶしい。

しばらく窓の外を眺めていたツバサがぽつりと、

「きれいですね……」

呟いた声はあまりに切なげだった。思わずツバサを見ると、とても苦しそうにシャツの胸もとをつかみ、悲しい瞳で海を見ている。

「ツバサ?」

今にも泣きだしそうな顔にどきりとした。

ツバサはハッとしてヴィンセントを見ると、すぐに表情を笑顔に塗り替えた。

「ごめんなさい、なんでもないです」

気にはなったが、最初に会ったときも不安定に感じたから、汎用型ＡＩの特徴なのかもしれない。人間らしく振る舞えるよう、そういう要素を入れてあるのかも。

念のため次に研究室に行ったときに報告をしようか、と心の隅で思った。


海水浴シーズンではないので、海辺のコテージも空きが多く、すんなりと借りることができた。コテージはどの部屋からも海が見渡せ、ウッドデッキからは直接岩場に出られるようになっている。

途中で買ってきたサンドイッチとコーヒーで簡単な昼食を取り、ツバサとともに砂浜に出てきた。このまま一泊できるよう、温めるだけの夕食も買ってきてある。

車の中から少し元気のないツバサが気になった。

波が静かに打ち寄せる砂浜を並んで歩きながら、ツバサの手を握る。

「え？」

ツバサが目を丸くした。

「どうした?」

ツバサは明らかにうろたえ、周囲を見回す。

「人が見ています……」

海岸には自分たちの他に、犬を散歩させている男性と、子連れの家族がひと組いるだけだ。セクサロイドなのにそんなことを気にするのか、と意外に思った。二人きりで部屋にいるときは、むしろ自分から積極的にくっついてきたがるのに。

キスしたり抱き合ったりするわけじゃあるまいし、手をつなぐくらい人目を気にするほどでもないと思うが。

「俺たち恋人同士だろう。手をつないでおかしいか?」

ツバサは頬を染めながら数秒の間ヴィンセントを見つめ、やがてぶるぶると首を横に振った。

恥ずかしげに顔を伏せながらも、内側から盛りあがる喜びを隠せないように口もとが弛《ゆる》んでいる。

きゅっとヴィンセントの手を握り返し、

「うれしい……」

と呟いたツバサに心臓が音を立て、慌《あわ》てて前を向いた。

可愛い。

どうしよう。プログラムとわかっていても、自分のすることでこんなに愛らしい反応を見せられると、こっちが照れてしまう。もっともっと喜ばせてやりたくなる。

本当のところ、試験が始まる前までは、ツバサと相性が合わなかったらと心配したりもしていた。

とんでもない。こんなに短期間で、自分はもうツバサが可愛くて仕方ない。精巧なＡＩがこれほど優秀だとは思わなかった。

下を向いていたツバサが「あ」と小さな声を上げ、足もとの白い石のようなものを拾う。

「なに？」

ツバサが手のひらに乗せたものを見ると、五枚の花弁が広がったような模様がついた、直径数センチの薄い殻だった。

「きれい。ヒトデの化石でしょうか」

「ウニの仲間だよ」

「そうなんですね」

素直に感心した目を向けられて、少しいい気分になる。

「あ、ここにも。あっちにも！」

よく見れば、同じものがあちこちに落ちている。

ツバサは嬉々《きき》として拾い集め、手のひらに乗った白い花模様を見て顔をほころばせた。

「これ、持って帰ってもいいですか」

「いいよ、もちろん」

「海に連れてきてくれた記念にしますね」

ヴィンセントとの想い出の品にしたいのかと思うと、いじらしくて胸が熱くなる。そんなに俺のことが好きなのか。

「すごく……、嬉しいです」

大切そうに殻をポケットに入れるツバサを見て、たまらないな、と思う。

突き上げてくるような甘やかな想いを、そっと息をついて逃す。

たった二カ月の期間限定の恋人だからこそ、めいっぱい喜ばせて楽しんで可愛がってやろうと、あらためて誓った。


「ヴィンセント！　魚がいます」

浅瀬の岩場で、デニムを膝までまくり上げたツバサが興奮して水に手を突っこんでいる。

ヴィンセントも同じくボトムの裾をまくり、脛まで海水に浸って楽しげに水と戯《たわむ》れるツバサの隣まで近づいた。

「本当だ。小さいな」

春の海は穏やかで、浅瀬であれば太陽で温められた海水は冷たすぎない。

ツバサはまぶしそうにヴィンセントを見上げる。

「あなたと磯《いそ》遊びとかしてみたかったんです」

どちらかというと自分には、男らしいマリンスポーツやアウトドアの方が似合いそうだと思うのだが。

だがツバサが嬉しそうにしているので、これも悪くないか、と思った。

「一緒に遊んでくれて嬉しいです」

顔をほころばせたツバサが歩き出し、

「わっ……！」

浮かれたせいか、岩で足を滑らせた。

「ツバサ！」

とっさに支えようとしたヴィンセントも強い力で引っ張られ、足場の不安定さから一緒に海水に転げ込む。

どぷん、と水に潜る音が耳を覆い、浅瀬とは思えないほど頭まで海水に浸《つ》かった。

「ぷはっ……！」

互いにずぶ濡れになりながら、両手両膝をついてなんとか起き上がる。

「……怪我は？」

「なさそうです……」

呆然《ぼうぜん》と顔を見合わせ、先に笑い出したのはツバサの方だった。

「ご、ごめんなさい……、ぼくのせいなのに。でもあなたの驚いた顔がおかしくて……」

ツバサの楽しそうな笑い声が、まっすぐ胸を突き刺した気がした。

こんなふうにも笑うんだ。

とくんとくんと心臓が鳴る。

「ひどいな、きみを助けようと思ったのに」

笑いながら返すと、ツバサはヴィンセントの髪から垂れるしずくを指先で払いながら余計に笑った。

「ごめんなさい、濡れたあなたもかっこいいですよ」

「そう言ってもらえるなら濡れた甲斐《かい》もあるね」

ひとしきり二人で笑い合って、息をついた。

ちゅ、と軽くキスをすると、潮の味が舌を刺す。

「しょっぱい。いくら今日が暖かくても、海水浴には早い季節だな。風邪を引く前にコテージに戻ろう」

ツバサは人目を気にして慌てて周囲に視線を走らせたが、岩に囲まれた低い位置では誰にも見られなかったから、安心したようだ。

「はい」

ツバサの手を取って立ち上がったとき、高い鐘の音が響いた。

振り向くと、小さな入り江を挟んだ反対側には、ホテルを併設した結婚式場が見えた。

真っ白の石造りのホテルのガーデンには緑豊かな芝が敷き詰められ、白い花で飾られたアーチ前の通路の両側に参列者が並んでいる。

アーチから下がる鐘が揺らされている音だった。

「結婚式だ」

ガーデンに面したホテルの扉が開き、中からタキシードに身を包んだ二人の男性が腰を抱き合いながら出てきた。

「同性婚か」

最近ではめずらしくなくなってきた。

通路の両側から、参列者が二人に向かって花びらを投げかける。

二人は嬉しそうに見つめ合い、抱き合ってキスを交わした。周囲から祝いの声が上がる。

「おめでとう、だな」

聞こえないであろう祝いの言葉を呟いたとき、つないでいるツバサの手が硬直していることに気づいた。

見れば、ツバサは結婚式場を見つめたまま、ぼろぼろと涙を零《こぼ》している。あまりに切ない表情に、胸がギリッと音を立てて痛んだ。

――どうしてそんな顔をしている。

悲しげで、傷ついてさえいるようで。

今まであんなに幸せそうに、楽しげに笑っていたのに。

その落差が、思いきりヴィンセントの心をツバサに引き込んだ。

自分が側にいるのに、そんな顔をさせたくない。

慰めたくて、衝動的に抱きしめて唇を塞いでいた。

「ん……、ヴィ、ン……、っ……」

薄い唇を割って、滑らかな舌をからめ取る。

小さな歯をひとつずつ舌先でなぞっていけば、ツバサは涙でいっぱいの目を閉じた。まぶたの間から真珠のような涙が転がり落ちる。

「俺がいる……。俺を見ろ……」

側にいて、慰めるから。だから泣かないでほしい。

「ヴィンセント……」

縋《すが》るように抱きついてきた細い体をきつく抱きしめ、悲しみを奪い取ってしまいたくて激しく口づけた。

この子が笑ってくれるならなんでもしたいと思う感情の昂《たかぶ》りに、自分でも少し驚くほどだった。

ポケットから白い殻を取り出し、海水でべたべたになった服をバスルームで脱いで乾燥機つきの洗濯機に放り込んだ。

一緒に頭からシャワーを浴び、髪からしずくを垂らすツバサの頬を両手で包んで、上を向かせて噛みつくようにキスをする。

「ん……、ふ、ぅ…………っ」

どれほどツバサを欲しがっているかをキスで表すうち、自然にツバサの舌が伸びてヴィンセントの舌と絡み合った。

甘い吐息を漏《も》らすツバサを抱き寄せた。顎《あご》を捉え、すみずみまで口腔《こうこう》を味わう。

触れ合うツバサの肌がどんどん熱くなる。

「は……」

脚に力の入らなくなってきたツバサを背中から抱きかかえ、バスタブの縁に座った。

ツバサは肩越しに振り向き、濡れた視線を寄こす。

「あなたが欲しい……」

男の欲情を煽る表情に、官能的な痺《しび》れが背中を駆け下りた。

けれど慣らしもせずにいきなり挿入するわけにはいかない。

「だめ。傷つけたくない。準備をしてからだ」

耳朶《じだ》を噛むと、腕の中のツバサがびくんと体を揺らした。耳も感度がいいらしい。

早く欲しがるツバサをなだめ、後ろから抱きしめて気持ちを落ち着かせる。貫かれたがる興奮を押しとどめられたせいか、ツバサの体温が高い。

ツバサの雄蕊はキスだけですでに期待に膨らんでいる。

ヴィンセントはボディソープを泡立てると、手のひらでツバサの胸をやさしく包んだ。そのままくるくると撫でながらときおり先端を弾《はじ》けば、そのたび声を漏らす。

「ん……、ぁ、ん…っ」

「可愛いよ」

指の腹で乳首をこねると、びくりと震えて顎を引いた。ツバサはとっさに快感から逃げようと腰をよじる。

ヴィンセントの手がツバサの体のラインをなぞるように下り、尻の狭間を指で往復する。ツバサは汗ばんだ背を弓なりに反らした。

小さな後孔《こうこう》に、少しずつ指で圧をかけていく。今にも指が挿入《はい》ってしまいそうで、ツバサは無意識に逃げ腰になった。

「俺とつながりたいんだろう？　ちゃんとほぐさせて」

あやすような声で囁けば、健気に頷く。

「もう少し弛めてごらん」

ヴィンセントに応えようと、ツバサは必死で目を閉じて硬くすぼんだ蕾《つぼみ》を弛めようとする。けれど慣れない場所は思う通りになってくれないらしい。

もう少し力が抜けるようにしてやらねば。

後孔を探るのとは反対の手で、陰茎をつかんでやわやわと揉《も》みしだく。

やはりそこをつかまれると弱いようだ。そちらに意識が集中して、蕾がやわらかくほころび始めた。

「ん……、ん……、あ……」

つぷ、と第一関節だけ挿《い》れても抵抗らしい抵抗はない。ツバサの様子を見ながら、ゆっくりと指をつけ根まで挿入した。

さすがに初めての異物の感触が怖いのか、粘膜が戸惑っているのがわかる。強い力でヴィンセントの指を締めつけてきた。

「ツバサ……、俺のことが好き？」

「す……、すき……、っ」

怖がりながらも、こくこくと頷いて涙を散らす。

「じゃあ、俺を好きなことだけ考えて。好きだって何度も声に出してごらん」

「あ……、す……、き、すき、ヴィンセント……」

声を出した方が体の強ばりが解ける。

言葉にして愛情を高めてやることで、より受け入れやすくすることも。

「すきっ……！」

ヴィンセントの指を食みしめた後腔がじゅんと熱を持ち、もっと奥を探ってほしがるように蠕動《ぜんどう》を始めた。

内側をぐるりと撫でると、指が当たれば大きく腰を震わせる位置がある。もの欲しげに膨らんで、触ってくれと存在を主張するような。

上手に導いてやれば、ここだけで達せる場所だ。

最初はゆっくりと反応を見ながら。

「ん……、あ……、そこ、なに……？　あっ……、やだ、こわい……」

「怖くないよ。感じたまま、素直に声を出せばいい」

焦《じ》らしながら高め、ツバサが自分から腰を揺り動かしたときに、ぐっと指に力を込めてこすり上げた。

「やっ、ああ……！　あ、あ、あ……、あぁ……！」

反射的に逃げそうになるツバサの陰茎を握り込み、執拗《しつよう》に前立腺を攻めたてる。

「ああ……っ、あ、あ、あ、それっ……、そこ、だめぇ……！」

ツバサは羞恥と快感で全身を桜色に染め上げながら鳴き続ける。

前後に同時に与えられる快感に弛み始めた淫孔に、二本目の指をねじ込んだ。

体を拓《ひら》かれる苦しさに打ち震えながらも、ツバサの雄茎は張りを強くしていく。

「す、き……？　ヴィンセ……、も、ぼくの、こと……っ」

泣き濡れながら尋ねるツバサに、この子も愛を囁かれたがっていると強く感じた。

「ああ。俺も好きだよ、ツバサ……」

「ん……っ！」

ツバサの中がいっそう熱くなる。

かき回され、もう一本指を呑みこまされても、そこはやわらかくほころんでヴィンセントを受け入れていった。

「……セント……っ、ヴィンセント……！」

熱でかすれた声で名を呼ばれるたび、甘いものが胸を満たしていく。

「好きだよ……」

囁くヴィンセントの声も欲情に濡れている。

もっと深い喜びを与えてやりたくて、恋人と体をつなげるにふさわしいだろう言葉を選んだ。

「……愛してる」

後ろから細いうなじを吸った。

「キスして……っ」

ツバサは首をねじって振り向き、泣きながらキスをねだる。

肩越しでは唇を合わせるのは難しい。

「ツバサ、舌を出して」

唇を大きく開いたツバサが、ヴィンセントの愛情を欲しがって舌をひらめかせる。

不自由な体勢で赤く濡れた舌を伸ばして誘う表情は、無垢な少年とは思えない淫《みだ》らさだった。

ごくり、とヴィンセントののどぼとけが上下する。

ヴィンセントもツバサの興奮を煽るよう、いやらしく口を開けて舌を伸ばした。

「ふ……」

くちゅり、と淫猥《いんわい》な水音が立つ。

舌先同士で舐《な》め合い、互いの官能に塗《まみ》れた顔を眺めているとどんどん下肢が昂ってくる。

「ヴィ……、すき………、あ、あぁ……」

ヴィンセントの指を呑み込むツバサの後孔をかき混ぜ、先走りまみれになった陰茎を激しくすり立てる。

ツバサの小さな顎が突き上がり、高い声が上がった。

「……めっ、だめ……っ、でる……！」

ヴィンセントの指に尻をすりつけるようにして腰を反らしたツバサの雄が弾ける。ツバサの陰茎をつかんでいるヴィンセントの手指に熱い飛沫《しぶき》が流れ落ちた。

わなないた背が弛緩《しかん》したと思うと、ツバサの体は力を失ってずるりとヴィンセントにもたれかかった。ヴィンセントのたくましい腕がツバサを抱きしめる。

蕩《とろ》けた表情のツバサは、虚《うつ》ろに視線をさまよわせている。それが淫靡《いんび》な人形めいていて、ヴィンセントの背筋がぞくりと粟立《あわだ》った。

「……俺のことが好き？」

欲情を孕んだ声音で聞くと、大きすぎる快感で意識を飛ばしかけたツバサは、それでもこくりと頷いた。

のぼせ上がったように桜色に染まるツバサの体をベッドに横たえると、大きなベッドは二人分の重みでぎしりと淫靡な音を立てた。

裸の肌にさらりとしたシーツが心地いい。

まだ外は日が高い。

開け放たれた窓から海が見える。潮の音だけがささやかに部屋を満たして、世界に二人きりになってしまったようだ。

自分を見上げる瞳に、むくむくと独占欲が膨れてくるのを感じる。

守ってやりたい。悦《よろこ》ばせてやりたい。可愛がってやりたい。自分に懐かせたい。

――この瞳は俺のものだ。

口づけると、自然に唇を開く。

「ん……」

丁寧に慣らせば、女性よりも痛みを感じずに体を開いてやれる。恋人とのセックスは幸せで気持ちいいものだと教えてあげたい。

溺れるほどの愛の言葉とキスを浴びせて、飽きるくらい褒めてやろう。

「きれいだよ、ツバサ。可愛い……」

念入りに全身を愛撫し、甘い鳴き声を引き出した。

淫らな快楽を覚え始めた体はどこに触れても仔猫のような鳴き声が上がり、ヴィンセントを昂らせていく。

深く口づけを交わして体の下に組み敷いたツバサを見下ろすと、潤んだ瞳でヴィンセントを見上げてくる。

求められていると感じて、たまらず首筋に噛みついた。

「あ……、ん……っ」

そのままきつく吸い上げれば、白く滑らかな肌は愛咬《あいこう》の痕をくっきり浮かび上がらせた。

本当に傷がつくんだ……。

そう思ったら背筋にぞくりと快感が走った。ツバサが人形であるという意識など吹き飛び、凶暴な獣欲が頭をもたげる。

文字通りまっさらな処女地を踏み荒らして、征服の証《あかし》を散らす。彼はその無垢な美を汚される悦びとともに自分を愛するのだ。

その瞳にヴィンセントだけを映して……。

薄茶色の瞳を覗《のぞ》き込めば、全幅の信頼と愛情を寄せてヴィンセントを見つめ返してくる。ずっとずっと昔から、ヴィンセントのことを愛していたみたいに。

「愛してるよ、ツバサ……」

ツバサは感極まったように涙を零し、ヴィンセントの首根にしがみついた。

「好きです……！　好きなんです、ヴィンセント……！　ずっとあなたのものになりたかった……！」

――そうだ、この子は俺を愛してる。

人間と違って打算などどこにもない無償の愛情に、こみ上げてくる愛しさで胸が疼《うず》く。

そこにほんの少し苦いものが混じるのは、それが本物の愛情ではないと知っているからだ。

そうプログラミングされているのだと、知っているから……。

「ツバサ……！」

ツバサの膝をすくい上げ、大きく両側に割り広げた。

「あ……っ！」

後孔に昂りきった肉塊を押しつける。

とっさに体を強ばらせたツバサの反応に、はやる気持ちを抑えてなだめるように顔中にキスを落とす。

体の力が抜けるまで感度のいい乳首を弄《いじ》り倒し、焦らすように雄の先端で肉襞の上を往復した。

「……やさしく、してください……」

「わかってる」

汗ばむツバサの額にかかる前髪を手のひらですくい上げ、唇を押しつけた。

「愛してるよ」

ぐっ、と熱い楔《くさび》で肉環を割る。

「ん……、あ……、あ、おっき……、ひ……、あ……っ！」

隘路《あいろ》がねじり上げるようにヴィンセントに絡みついた。

「やぁっ、あ、いたい……！　いたいっ……！」

指が届く部分から先の狭道は、無理やり拓こうとする凶暴な熱を押し返さんとめちゃくちゃに締めつけてくる。

あまりに強い締めつけに理性を吹き飛ばされそうになりながら、ヴィンセントはそれでもこめかみに汗を浮かせてツバサを慰めた。

挿入の衝撃に、呼吸もできずにヴィンセントの腕に爪を立てるツバサにキスを繰り返す。

「息を止めないで。大丈夫、傷つけたりしない。浅くでいい、息を吸って」

ほとんどしゃくり上げながら、ヴィンセントの言葉に懸命に従うツバサの名を、何度も呼んで好きだと囁いた。

「ツバサ……、ツバサ、好きだよ……」

「すき……、あ……、すき……」

「可愛い……、愛してるツバサ……」

ツバサの様子を見ながら根もとまで収めきり、褒めるように額にキスをした。軽く雄を揺すって、存在を馴染ませる。

「ほら……、きみの中が俺の形になってるの、わかる？」

「ヴィンセント、の……、かたちに……？」

ツバサは泣きながらヴィンセントの言葉を繰り返す。

そして、ふわりと笑った。

「うれしい……」

とても幸せそうに。

その笑顔が胸に突き刺さった瞬間、血流が音を立てて全身を駆け巡り、ツバサを貫く男根がぐんと質量を増した。

目の前の華奢な肉体を自分の匂いで染め上げたいと、欲望が膨れ上がる。

「ツバサ……っ！」

激しくツバサの唇を奪いながら、最奥《さいおう》を突き上げる。

「やぅっ！　あっ、あああ、ん……、んぅ、ああああ……っ！」

波のように襲いかかる刺激に溺れるツバサが唇を外そうともがくと、顎を押さえつけてより蹂躙《じゅうりん》を深くした。

「好きか……、俺のことが好きか、ツバサ……！」

ヴィンセントのことしか考えられなくしてやりたい。

「すきっ……！　ヴィンセント、すき……、っ、あああ……！」

灼熱《しゃくねつ》で穿《うが》たれるツバサは夢中で首を縦に振り、頭をうち振るいながら好きだと訴える。

ずちゅっ…！　と激しい水音を立てて、ツバサの最奥を抉《えぐ》り抜いた。

「やあっ！」

後蕾《こうらい》へのピストンに合わせ、硬く反り返ったツバサの雄茎をつかんで扱《しご》き立てる。ツバサは痛みと同時に与えられる快感に、宝石のような涙を散らした。

「もう……、もう、いく……っ！　いくから……、ヴィンセント、すき……！」

ヴィンセントがツバサのいちばん奥で情熱を解き放った瞬間、手の中の昂りが白い飛沫を散らした。

「ふ……、ぁぁ……」

極まったツバサの目尻から、新たな涙がぽろりと零れ落ちた。

シーツまで涙の筋を描きながら、幸せそうに笑う。

「やっとあなたのものになれた……」

ヴィンセントの首筋に縋りつくツバサの涙を唇でなぞり、やさしく腕の中に閉じ込めた。

「ああ。俺のものだ、ツバサ……」


ちらちらと星が瞬いている。

春の夜風はまだ冷たい。

夕食を取ったあと、ウッドデッキに置かれたデッキチェアに背を預け、二人で星空を眺めた。

ブランケットにくるまったツバサを背後から抱きかかえる。

「きれいですね……」

周囲のコテージには宿泊客はおらず、部屋の灯りを消してしまえば、星の美しさがより楽しめた。

波の音が近い。

「憧れてたんです。こんなふうに海が見える場所で、大好きな人と二人きりでゆっくり甘やかしてもらうの」

「それはよかった。岩場で無理にしなくて」

ツバサはくすくすと笑う。

「ヴィンセントとなら、それでもよかったですけど」

憧れ。

生まれたばかりのロボットに植えつけられた、初めての行為への憧れ。

恋人に憧れのシチュエーションを贈れたと思ったら、大抵の男は満足するだろう。そういった男の自尊心を満たすためにプログラムされたセリフなのかもしれない。

そう思っても嬉しいのだから男は単純だ。

甘いひとときを送ろう。

ツバサの腰に手を回し、さらさらとした髪のすき間から首筋に口づけた。

「他になにがしたい？　やりたいこと、なんでもしよう」

「二人でいられればなんでもいいです。側にいてくれるだけで幸せだから」

欲のない答えに、逆になんでもしてやりたくなる。

「じゃあ仕事のとき以外はずっとくっついて過ごそうか。きみが鬱陶しいって言うくらい」

「そんなこと言いません」

ツバサは体をすり寄せて甘えてくる。

「ぼくのしたいことだけじゃなくて、ヴィンセントのしたいこともしましょう。あなたはなにがしたいですか」

ヴィンセントは少し考えて、そして心に浮かんだ言葉を口にした。

「きみを喜ばせたい」

ツバサは信じられないことを聞いたように目を見開き、それから花のような笑顔になった。

「どうしよう、ヴィンセント……。嬉しくて、胸が壊れそうです……」

夢みたいです、と祈るように組んだ手に唇を押し当てるツバサが、可愛くて、可愛くて。

どうしてこんなに惹《ひ》かれるんだろう。割り切れる関係ばかり紡いできて、きちんと恋人としてつき合うのが初めてだからだろうか。

そして、ふと思う。

――なぜ俺は、特定の恋人を作らなかったんだ？

「…………」

わからない。のめりこめる相手がいなかっただけか？

「ヴィンセント?」

ぼんやりと考え込んだヴィンセントに、ツバサが不思議そうな目を向けてくる。

ツバサの愛らしい顔を見ていたら腹の底から愛情が静かに湧き上がって来て、そんな考えはどうでもいいように思えた。

温かな体をきゅっと抱きしめて、頬にキスをする。

「なんでもないよ。今日は疲れたろう。もう寝ようか」

「もう?」

寝るにはいささか早い時間かもしれない。

「じゃあ……」

と色気のしたたる表情をツバサに向ける。

「もう一度きみが欲しい、と言ったらいやか?」

耳もとで囁くと、夜目にもツバサが頬を染める。

恥ずかしげに顔を伏せたまま、いやじゃない、と小さく首を横に振ったツバサを抱き上げた。

3.

二人で暮らし始めて二週間になる。

ツバサはときおりぼんやりと空中を見て、なにか懐かしいものを反芻するような表情をするが、ヴィンセントが話しかけるとそんな表情はすぐに消えてしまう。ＡＩが学習したことを咀《そ》嚼《しゃく》して処理しているのかもと思うと味気ないから、あえて考えなくなった。

ひとつひとつの仕草が愛らしく、いつでもヴィンセントを見て嬉しそうに笑う。一緒にいるだけで楽しくて幸せでたまらないようで、ヴィンセントがいなければ夜も日も明けないといった具合だ。

自分も急速にツバサに惹かれていった。

ヴィンセントを見る瞳が愛情たっぷりで、目が合うたびキスしたくなる。

親のいない仔猫に懐かれたような庇護欲をそそられた。

大人同士の駆け引きや馴れ合わないつき合いがいいと思っていたが、「ぼくもあなたの役に立ちたい」と不慣れな料理を頑張ったり、ヴィンセントに尽くすことに喜びを感じている姿を見ると、自分の中の男が満たされていく。

眠っていても、体が離れると無意識にヴィンセントのぬくみを探して寄り添ってくるのが愛しくて、胸に幸福が満ち溢れた。起こさないよう額にそっと唇を押しつけて自分を律するのが精いっぱいである。

守ってやりたい。いつでも笑顔が見たい。

年下の恋人がこんなに可愛いものだと知らなかった。若い愛人に夢中になる中年男の気分だと思ったら、苦笑いが出た。


「ヴィンセント、新しくできた寿司バーに行かないか。水槽で泳いでる生きたエビを握ってくれるんだと。で、帰りに飲もうぜ」

金曜の終業間際、同年代で気の合う同僚が誘ってくれた。

だがヴィンセントの心はすでにツバサの待つマンションにある。早く帰ってツバサの顔が見たいと、さっきからそればかり考えていた。そのせいか、最近では書類の作成や雑務を以前より手早く済ませるようになった。

「悪い、用事があるんだ。また誘ってくれ」

ビジネスバッグを手にさっさと立ち上がったヴィンセントに、同僚は呆《あき》れた目を向ける。

「ここんとこつき合い悪いな。ちょっと前は毎晩遊び歩いてたくせに。週末だってのに直帰かよ」

　ほんの半月ほど前までのことが、ずいぶん昔に感じる。それだけツバサとの生活が濃密なのだ。

「どうせ恋人でもできたんだろ。紹介しろよ、美人か？」

　上目遣いでニヤニヤ笑う同僚を、軽い笑みで躱《かわ》す。

「仔猫を預かってるんだ。可愛いよ。寂しがりだから早く帰ってやらないと」

　ツバサとの関係は期間限定と思うと、紹介するのも気が引ける。というか、本当のところは少しでもツバサといる時間を邪魔されたくない。冷やかされたりしたら、引っ込み思案なツバサだって居心地が悪いだろうから。

　同僚は納得したようで、ひらひらと手を振った。

「そうかよ。じゃ、猫を返したらまたつき合えよな」

「ああ」

　そう言ってオフィスを後にしながら、ツバサは寿司は好きだろうかと考える。あの子が喜ぶなら連れて行ってやりたい。

　こうやってふとした瞬間にいつもツバサのことを考えている自分に気づく。

　――――猫を返したら。

「……どんなだったっけ」

ツバサが家で待っていない生活が思い出せない。

誰もいない部屋に帰ることを思うと、無味乾燥な気分が胸に広がる。

「今から考えても仕方ないか」

ため息をついて、先のことを頭から追い払った。

そんなことより、早くマンションに帰ってやろう。

仕事帰りに薔薇の花束を買う。日中一人ぼっちで留守番をさせて寂しい思いをさせている詫《わ》びのつもりだ。

ヴィンセントが玄関を開けると、コンソールテーブルの上にカラフルなぬいぐるみがペアで並んでいた。おどけた表情の、黄色と茶色のサルである。サルたちは以前海で拾った白い殻に糸を通したネックレスをつけていた。

「おかえりなさい、ヴィンセント」

帰ってきたヴィンセントを、中からパタパタと走り出てきたツバサが出迎える。

常にヴィンセントと一緒にいたがるツバサを置いていくのは可哀想だが、仕事があるので仕方がない。

ツバサの顔を見ると温かいものが胸に広がって、ホッと息をついた。

頬にキスをすると、ツバサは口もとをほころばせた。

「ただいま。一人にしてごめん。寂しかったろう」

薔薇を差し出すと、ツバサは頬を染めながら遠慮がちに受け取った。

「ありがとうございます。すごく嬉しいです」

「毎日なにか贈ってるのに、きみはいつも初めてもらうように喜んでくれるね」

プレゼントのしがいがある。

「だって、お花なんてくれるの、あなたが初めてだから。こんなに愛してもらえるなんて、夢みたいです」

「大好きな恋人になら、これくらい当たり前だよ」

こんなことで喜んでくれるならいくらでもする。

薔薇だけでなく、ツバサが好きそうな甘い菓子や似合いそうな服を見かけると、つい喜ばせたくて土産にしてしまう。

ツバサが恐縮しながら、それでも嬉しそうに笑う顔を見るのが好きだから。

「これは?」

サルのぬいぐるみを指差す。

「ソックモンキーです。靴下で作るぬいぐるみですよ」

見ていると、なぜか楽しい気分になるサルたちである。

人形であるツバサが人形作りをする。面白いプログラムを入れてあるものだ。

「可愛いね。どこかで売るの?」

「え……、そんな、売りものになるなんて考えたことありません」

控えめなツバサらしいとは思うけれど、もう少し自信を持ってもいいのではないか。

「そんなことない、よくできてるよ。バザーにでも出してみたら？」

「そう……でしょうか……」

ツバサは迷っているようだ。

できたらなにか自信のつくことをさせてやりたい。家に閉じこもりきりでは、彼の世界が広がらない。

「きみの作ったぬいぐるみで喜ぶ子がいたら、嬉しいだろう？」

ぱ、と頬を染めたツバサはしばらくソックモンキーを見つめ、やがてこくんと頷いた。

「やってみます……」

「じゃあ、あとで地区のバザーの主催者の連絡先を調べよう」

肩を抱いて一緒にリビングへ行くと、あちこちに薔薇の花が活《い》けてある。何本かはドライフラワーにするために壁にかかっていた。

枯れたら捨てていいと言ったのに、ツバサは必ず花束から一本抜き出して、記念にとドライフラワーにする。

やさしく穏やかな人間性に好感を持つ。そういう性格づけにしてあるのだろうが、一緒にいてとても心が休まる。

ずっと生活をともにするならこんな子がいい、と自然に思う。

薔薇を花瓶に活けたツバサが手早くエプロンをつけた。

「すぐにごはんにしますね」

「手伝うよ」

ツバサは家事も柔軟に学習している。料理以外にも掃除や洗濯は問題なくできるし、家事用バイオロイドと同程度の機能も備えているようだ。

これなら人間と同等である。ともに暮らすパートナーとしての能力は充分あると言えるだろう。

もちろんヴィンセントもひと通りの家事はこなせるが、「ぼくもなにかあなたの役に立ちたいから、やらせてください」などと可愛いことを言うから、ますます好きになる。

そしてセックスも――――。

「ヴィンセント、危ないから離れてください」

フライパンを使おうとキッチンに立ったツバサの後ろから腰を抱き、髪にキスをする。

「ん？　エプロン姿見てたら触りたくなって。今度裸エプロンとか見てみたいな。だめ？」

ツバサはうなじまで赤く染めながら、小さく頷いた。

「あなたが……、見たいなら……」

きゅん、と胸が疼いた。

想像するだけで下腹に熱が集まってくる。

「ごめん、食事より先にきみが欲しくなった」

熱を持った赤い耳朶をやわらかく噛むと、ツバサは力を抜いてヴィンセントに体を預けた。

「ここじゃ……」

「じゃあ、ベッドに行こう」

はやる気持ちを押し込めながら、可愛い恋人を寝室に誘った。


「あ……、あ、ん……、ヴィンセント……、おねがい……、ねがい、もう……、さ、さわって……」

ヴィンセントにまたがって深々と肉を挟られたツバサが、腰を揺らしながら懇願の鳴き声を上げる。

硬く勃《た》ち上がり、滑らかな下腹の前で触れて欲しげに左右に揺れる陰茎が、ひどく卑猥《ひわい》だった。先端から垂れ流れた透明な蜜が茎を伝い、薄い下生えややわらかい小ぶりの種袋を濡らしている。

ツバサの中は熱く湿っていて、指で内側を探るだけで痺《しび》れるほど締めつけてくる。男を悦ばせる体だ。さすがはセクサロイドと思わずにいられない。

触った部分からとろとろと崩れるように感じて、ひっきりなしに甘い声で快感を訴える。

「だめだよ、うしろだけで達《い》けるだろう。その方が気持ちいいから、頑張ってごらん」

ヴィンセントに言われることはなんでも守ろうとする。

息を乱し、涙目で健気に頷くツバサに、うなじがぞくぞくとした。

「ん……、あ……」

震える脚に懸命に力を込め、ヴィンセントの雄茎を肉孔でずるると扱く。

つながった部分からぬちゅぬちゅと水音が立ち、ツバサが腰を上下させるたびに見え隠れする肉棒が粘液で濡れているのが興奮を煽った。

「ああ……、あ、だめ……、うまく……あてられない、ヴィンセント……！」

不器用な動きは、前立腺から無意識に逃げてしまうせいだ。

ツバサの内側は、ちょうどヴィンセントの亀頭と茎のつなぎ目辺りにぶつかるところがふっくらと膨らみ、そこでこすられると自分もとても気持ちがいい。

けれどツバサは感じすぎるらしく、その部分を虐《いじ》めるとすぐに泣いてしまう。

「できないなら、もう終わりにしようか？」

「いや！」

ツバサはぶんぶんと首を横に振った。

透明な涙の粒が飛び散る。

「やめないで……。さ、さいごまで……、なかに、ください……」

濡れた瞳で縋ってくるのに、下腹がずんと熱くなる。

ひたすら甘やかしても悦ぶが、少し意地悪を言ってやると快感を強めるらしいと気づいた。

ヴィンセントを咥《くわ》えこんだ肉道が、逃がすまいときゅうっと締めつけてくる。

若い体は覚えがいい。貪欲に快感を吸収して、素直に乱れていく。

どんなふうに教え込んだらもっと悦ぶだろう。

卑語を覚えさせ、言葉にさせるのも興奮するかもしれない。

軽く後ろ手で拘束したり、目隠しをするのもいい。

いや、それよりおもちゃを使ったら、弄《もてあそ》ばれているという被虐に涙を流すほど感じるか……。

試してやりたいことは色々と考えつくが、焦って傷つけたくない。あくまでツバサを悦ばせたいのだ。

だから少しずつ慣らしていく。

「欲しいなら、ちゃんと自分で動かないと」

ね、と頬を撫でると、ツバサは幼子のようにこくんと頷いた。

ヴィンセントの手を上から手のひらを重ねて押さえ、愛しげに頬ずりする。そして親指のつけ根に、ちゅ、とキスをした。

なんて愛らしいのだろう。

ツバサの中に埋めた男根がぐっと容積を増した。

「あっ……、おっきく……！」

ツバサが細い腰をしならせれば、突き出されるようになった胸の先端で、小さな尖りがつんと上を向いた。

さっきさんざん弄ったそこは薄桃色に染まり、ぷっくりと存在を際立たせている。

触れてほしそうに色づいているから、上下から粒を際立たせるようにきゅっと押し潰した。

「あああっ……！」

びくん！　と反り返った体を追いかけ、ふにふにと胸粒の周囲をやさしくこねる。

ツバサは雄を咥えこんだまま卑猥に腰をくねらせた。ヴィンセントを包む粘膜がじゅんと熱くなる。

蕩けそうな熱に、ヴィンセントもため息をついた。

「出したい……？」

欲情でかすれた声で尋ねれば、ツバサはがくがくと頷いた。

「い……、いきたい……、ヴィンセント……、もう……、もう、いかせて……！」

「仕方ないね。じゃあ、ほら」

ツバサの手を取り、もうすぐにでも弾けてしまいそうな花茎に導いた。

「ヴィンセント……！」

手を包んで握らせると、いやいやと首を横に振る。

「いきたいんだろう。いいよ、自分でしてごらん。見ててあげるから」

「や……、いや……、あなたといるのに、自分でなんて……」

してほしい、と潤んだ瞳でねだってくるのを、少しだけ声に甘えを含ませて遮る。

「見たい」

ツバサはひくりとのどを鳴らして顎を引いた。

恋人に見たいと言われれば、ヴィンセントに従いたがるツバサは断らない。だが命令口調で言えば傷ついてしまうだろう。だからあくまで甘く。

「俺が好き？」

これはツバサの気持ちを蕩かしてしまう魔法の言葉だ。

この可愛いお人形は、ヴィンセントのことを好きだという気持ちだけでなんでも言うことを聞く。

「すき……」

促すようにツバサの膝頭を撫でれば、ツバサは半分泣きながらゆるゆると手を動かし始めた。

「ん……、あ……、みな、いで……」

ヴィンセントの視線を遮るように目をつぶり、とろとろと蜜液を零す先端を反対の手で覆って隠そうとする。

その手をやんわりと取り、指と指を絡めて手を握った。必然、自慰を隠すことはできなくなる。

まぶたを開いてヴィンセントを見つめるツバサの目に、涙がいっぱい溜《た》まっている。

「ヴィンセント……、すき、です……」

いとけない姿に、うねるような欲情の塊が下腹に凝縮された。

「ツバサ……！」

衝動的に体を起こし、細い腰に腕を回して力強く突き上げた。

「あぁぁ……っ！」

座ったまま向かい合って抱き合う形でツバサを腕の中に閉じ込め、下から激しく体を揺さぶった。

溢れた涙が頬を伝う。

叫びを上げる唇をキスで塞ぐと、ヴィンセントの首に腕を回して縋ってくる。

「……き、……っ、すき、ヴィンセント……！」

ヴィンセントを包む肉はきつく熱く、このうえない快楽をもたらしてくれる。

蜜のように甘い体に、どんどん溺れていく。

「俺も……、好きだよ、ツバサ……」

膨れきった雄の先端で狭い深部をこじ開けながら、ツバサがいちばん欲しがるものを最奥に叩きつけた。


日曜礼拝が終わった教会の敷地内で、ボランティアグループがバザーを開いている。

ツバサはハンドメイドグッズを売るグループに、自分で作ったぬいぐるみを寄付させてもらった。一週間ほどかけて作ったソックモンキーは十体ほど。すべて違う柄でカラフルだ。

「ぼくもバザーを手伝ってきますね」

おどけた表情のソックモンキーはなかなか好評で、特に小さな子どものいる母親や祖父母が手にすることが多いようだった。

車いすで訪れる人も多く、手は多いに越したことはない。

ツバサはグッズを販売したり、子どもの相手をしたりして過ごしている。

自分も見ているだけではなんのためにここにいるかわからないので、主催者にかけ合って焼き菓子の販売を手伝わせてもらうことにした。

「こちらの動物の形のクッキーが人気ですよ。手作りなのでお子さんにも安心です。いかがですか」

ヴィンセントが声をかけると、園児くらいの女の子の手を引いた母親はポッと目もとを赤くした。

「そうね……、美味しそう。二つ……、いえ、三ついただこうかしら」

「ありがとうございます」

華やかな笑みとともに礼を言うと、母親からハートマークが飛び散りそうなほど空気がピンク色に染まった。

母親は、せっかくだから……、と追加でマドレーヌも買っていった。

自分のスマイルの魅力は自覚している。別に愛想を振りまく必要は欠片《かけら》もないのだが、営業職の上にもともと人当たりはいい。

買う方だって、仏頂面をされるよりよほどいいだろう。

「ねえ、これあなたが作ってるの？」

女性グループが、浮き足立った雰囲気で話しかけてくる。

焼き菓子よりヴィンセントに興味があることは明白だが、にっこり笑ってクッキーを勧めた。

「いいえ、俺は販売をお手伝いしてるだけで。でもこのクッキー可愛いでしょう。このライオンなんか、俺に似てると思いませんか」

黄色のアイシングでたてがみを作ったライオンのクッキーを、自分の顔の隣にぶら下げてみる。

ヴィンセントの金髪くらいしか被《かぶ》るところはないのだが、女性たちは大袈裟に笑った。

「やだ、ほんと！　じゃあ私これ買おうかな」

「私も～」

ヴィンセントに釣られた女性たちが入れ替わり立ち替わりやってきて、焼き菓子はあっという間に売り切れてしまった。

主催者は笑いながらヴィンセントの肩を叩いた。

「手作り菓子は市販のより値が張るから、いつも売れ残りやすいんだけどねぇ。いい男がいてくれると助かるよ」

「それはどうも」

売り上げに協力できれば幸いだ。

さて次はどこを手伝おうか、と周囲を見回すと、背後からくすくす笑う声が聞こえた。

「こんなところでも営業スマイルを振りまいてるの、ヴィンセント。あなたらしいわね」

「マギー」

振り向けば、相変わらず豪華な巻き毛を揺らしたマギーが立っていた。

「きみもバザーに？」

「通りかかっただけよ。あなたが見えたから寄ってみたの。バーに行く約束してたのに、ちっとも誘ってくれないんだもの。最近仕事が終わったらすぐ帰っちゃうし」

そうだった。声をかける約束をしていたのだ。

「ごめん、しばらく出かけられそうにないんだ」

マギーはからかうようにほほ笑むと、内緒話をするようにヴィンセントに顔を寄せた。

「知ってるわよ、恋人ができたんでしょう」

マギーがバイオロイド部門の研究者だったことを思い出した。そういえば彼女はチームの一員だった。

うっかりすると試験であることを忘れるほど、ツバサは自然に自分の恋人になっている。

「遊び好きのあなたがバザーにつき合うなんて、ずいぶんご執心なのね。ツバサはそんなに可愛い？」

「開発チームなら知ってるだろう。可愛く見えるようプログラムしてあるんじゃないのか」

笑いながら問い返すと、マギーはからからと笑った。

「そうだけど、あたしは実際にあの子が動くところには携わっていないもの。あの子だってあたしのことは知らないわ。ツバサと実際に会話をしてるチームのメンバーなんて、博士とオーランドくらいよ」

そういうものか。

一転、マギーは艶《つや》めいた女性らしい唇をつり上げ、明らかに誘惑を込めた視線でヴィンセントを見た。

「ねえ……、試験が終わったら誘ってくれるんでしょう？　ツバサとどんなことをして楽しんだのか、あたしにも教えて」

ヴィンセントは同じ表情を保ったまま、す、と纏《まと》う空気を冷たくした。

マギーは今までこの手の誘いをしてくることがなかった。

彼女は確かに魅力的な女性だが、自分は同じ会社の人間とは遊びで関係を持たないことにしている。

それよりなにより――――。

「今は恋人がいるから、そういうことは考えられないな」

明らかに拒絶を含めた笑みを深くした。

ツバサ以外と抱き合っている画《え》が、頭に浮かばない。

マギーは挑戦的にも見える表情で、

「そう。意外と真面目なのね」

と顎を上げた。

「また会社で会いましょ」

マギーは手品のようにくるりといつもの彼女らしい表情に戻ると、手を振ってさっさと去っていった。

ヴィンセントもいつもと変わりない動きで手を振って彼女を見送る。

あらためて自分の中でツバサの存在が大きくなっているのを知り、胸が疼いた。

あまりのめり込むのもよくないのではないか。あの子の恋人でいられる期間は決まっているのだから。

そう思うそばから、ツバサの笑顔を思い出して愛しくなる。どうしたものかなと、視線が勝手にツバサを探した。

と、ツバサが見知らぬ男に話しかけられて困っている姿が目に飛び込んできた。男は無遠慮に顔を近づけ、馴れ馴れしい笑みを浮かべている。

ヴィンセントは大股で二人に近づき、ニヤつきながら「お茶だけ、ね」とツバサの手首をつかもうとした男の手を横からはねのけた。

男は冷たい怒りを滲ませるヴィンセントに驚いて、体を引く。

「俺の恋人に触るな」

ツバサの肩を抱き寄せ、自分のものだと知らしめるように腕に閉じ込める。

怒気を隠さないヴィンセントに気圧《けお》された男は、口の中でもごもごとなにか呟くと、卑屈に頭を下げて逃げ出した。

鼻であしらったヴィンセントは、逃げた男には一瞥《いちべつ》もくれずに腕の中のツバサを見下ろす。

「気づくのが遅くなってごめん」

労《いた》わるように頬を撫でると、ツバサは泣き笑いのように顔を歪《ゆが》めた。

しまった。ツバサは人目を気にする性質だった。こんなに人の多い場所で抱きしめられたりして、恥ずかしいのだろう。

急いでツバサの手を引いて建物の陰に移動する。

「ごめん、人前で抱きしめたりして」

ツバサは思いきり首を横に振った。

「ちが……、助けてくれて……、堂々と恋人だって言ってくれたのが、嬉しくて……」

感激に瞳を潤ませていたツバサは、急に表情を暗くした。

「なのに……、ごめんなさい」

「どうして謝るんだ？」

ツバサは唇を噛んで上目遣いにヴィンセントを見た。怒りを押し殺したような、悲しいような、こんな表情は初めてで、心臓がどきりとした。

「ごめんなさい。さっきまであなたが女の人に囲まれてるのを見て……、すごくきれいな人と近づいてるのも……、苦しくなってしまいました。みっともないですね、こんなの……」

ヴィンセントは目を見開いた。

――妬《や》いている？　ツバサが？　ロボットなのに？　いや、これもプログラムなのだろうけれど……。

「……可愛い」

思わず声に出してしまい、ツバサが恥ずかしげに顔をうつむけた。

可愛い。めちゃくちゃにしてやりたい。外じゃなかったらキスしているところだ。

今晩は思いきり甘やかしながら抱こう。

「恋人はきみだけだよ」

耳もとで囁くと、ツバサは耳朶まで赤くした。

「そ、そろそろ片づけないと……」

真っ赤になってグッズのテーブルに戻るツバサの後を追う。

片づけ始めたテーブルの上に、ツバサが作ったソックモンキーのペアが残っていた。首に白い殻のネックレスをつけているから、玄関に飾られていたものだとわかる。手に〝非売品〟の札を持っている。

「これは売りものじゃないんだ？」

「マスコットとして置かせてもらいました。この子たちは、ぼくとヴィンセントをイメージして作ったので、手もとに置いておきたくて」

ソックモンキーをもう一度見た。

言われてみればボディはヴィンセントとツバサの髪色と似ていて、瞳のボタンの色もそれぞれの目の色に近い。

なかよく二体並んで腕をからめ合わせている。

「俺ときみ……?」

言葉にならない華やかな想いが胸に広がってむずむずする。

これはなんだ。こんな感覚は知らない。

ただ目の前のツバサを抱きしめたくて、衝動を抑えるのに苦労した。

「でも、人に喜んでもらえるのって嬉しいですね。あなたが勧めてくれたからバザーに参加しようと思いました。来てみてよかったです」

ツバサの瞳がきらきらと輝いている。

「もっと時間があったら、ボランティアにもたくさん参加したいですね」

胸に寂しさが広がった。

ツバサには時間がない。それは同時にヴィンセントとツバサが一緒にいられる時間も短いということだ。

だがそんなことは顔に出さず、今はやりたいことのできたツバサを応援したい。

「いいじゃないか、興味があるならやってごらん」

「……試験期間は、あと五週しかないんですよ。それに、ぼくにできることなんて、そんなには……」

「一カ月以上もあるんだよ。毎日一人の手助けをしたって、一カ月で三十人に喜ばれる。すごいことじゃないか」

ツバサは胸を打たれたように目を開いた。

「三十人……」

現実かどうかはさておき、計算の上ではそうなる。

「大きな活動には参加できなくても、ご老人の話し相手をしたり、車椅子を押してあげたり、ちょっとしたことでいいじゃないか。外に出て、色々な人と触れあってみるといい。世界が広がるよ」

ツバサは胸に手を当てて、ヒーローを見るような目でヴィンセントを見つめた。

「やってみます。ありがとうございます、ヴィンセント。あなたの言葉は魔法みたいにぼくに勇気をくれる」

その笑顔が、とてもきれいだと思った。


一週間に一回のデータ採取では、問診に加えて全身をくまなく調べられることになる。

肉眼で体の細部まで見られ、全身をスキャンして体細胞レベルまでチェックされているという。

その間は眠らされているので、なにをされてもわからないし、恥ずかしくもないが。

モニタリングして知っているだろうに、問診ではプレイの内容や会話までこと細かに聞かれる。

目の前の無表情なオーランドの質問にひとつひとつ答えながら、早くツバサと家に帰りたいなと思う。

ツバサはメンテナンスも必要で、彼の方は別室で博士が行っている。

博士が作ったのだから仕方がないとはいえ、ツバサが全裸を晒し、自分と同じようなことを尋ねられていると思うと、いい気はしなかった。

「では昨夜は体内射精が二回、今朝は一回。ツバサの反応はいかがですか？　主観で構いません」

「……中に出される方が好きみたいだね。体もずいぶん馴染んできて、感度もどんどんよくなってると思う」

「そうですか。精神面はいかがです？」

「変わらないよ。最初から俺のことが好きで好きでたまらないみたいだ」

「あなたの方ですよ」

オーランドが眼鏡の下から、鋭い目でヴィンセントを見ている。

「…………。可愛いと思う。好きだよ」

「それは愛玩物として？　それとも恋人として？」

なんとなく不快に感じた。

無心な愛情を傾けてくるツバサに、ペットじみた愛情を覚えていると言われればそうかもしれない。

独占欲も愛情も自覚している。

だが恋愛かと問われればまだそうとも言い切れない。恋に落ちたことがないのだから、わからない。

返事をしないでいると、オーランドはさらに質問を重ねた。

「セックスのときは愛してると囁きかけますよね？」

不誠実と言われているように思えて、いささかムッとする。

「恋人として扱えというなら当然だろう。それとも人形として接してほしいのか」

「怒らないでください、大変ありがたいと思っています。ツバサも安心してあなたに体を預けていますし、大切にされて喜んでいます」

問診票を見ながら、オーランドが抑揚のない声で言う。

「データ採取上、勝手な希望を言わせていただきますが、もっとツバサに性技を仕込んでもいいのではありませんか。もう四週経《た》ちましたので、いい加減フェラチオくらい覚えさせる頃合いだと思いますが」

カッと頭に血が上った。

それでも大人らしく表面上は怒りを隠し、冷たい目でオーランドを睥睨《へいげい》する。

「ずいぶん下世話なことを言うね。動物に芸を仕込むように言わないでもらいたい」

オーランドは両手を上げて、争う意思がないことを表した。

「失礼。気分を害したのなら謝ります」

怒るな、相手は仕事で言っている。たんなる好奇心じゃない。

そう自分に言い聞かせて心を落ち着かせる。

と、隣室に続くドアが開いて博士とツバサが入ってきた。

博士はヴィンセントとオーランドの間に流れる空気を敏感に感じ取り、おや、と片眉を上げた。

「どうしたね」

ツバサが不安そうな顔をしたので、怒りを押し込めてやさしい笑顔を作った。

「なんでもありません。おいでツバサ」

ツバサは横目でオーランドを見ながら、彼を避けるようにヴィンセントの隣に早足で歩いてきた。

オーランドは自分たちのことを実験動物に対するような目で見るから、ツバサも苦手なのかもしれない。

「また一週間後にな。可愛がってもらうんだぞ、ツバサ」

博士がツバサに向かって手をにぎにぎと閉じ開きして別れを告げると、ツバサは小さく笑顔を作って声を出さずに博士にバイバイと手を振った。

博士にとってツバサが我が子同然であるように、ツバサにとっても博士は父親なのだろう。

ツバサは基本的にヴィンセントには甘えん坊だが、外にいるとき、誰かの目があるときは、礼儀正しく姿勢も崩さない。

だからこうやって博士に子どものように手を振るのを見るとほほ笑ましい。

オーランドに対しては軽く頭を下げて会釈をし、ツバサは手を差し出したヴィンセントの手を取った。

「ではこれで。また一週間後に来ます」

さきほどのオーランドの発言を不愉快に思っているので、彼の目に極力ツバサを触れさせたくなくて、自分の体で隠すようにしながら研究室を出た。

＊

二人が出て行くと、オーランドはかすかに興奮して博士を振り向いた。

「わたしの発言に対し、ヴィンセントは怒りを覚えたようです。感情的になるなんて素晴らしいじゃありませんか」

博士も頷く。

「本当の人間として扱っているからだろうな。いい傾向だ」

「先日はミス・マギーが誘いをかけても靡《なび》かなかったそうです。ツバサと正しい恋人関係を作れている証拠ですね」

「まあ、気分のいい実験ではないがな。誘惑に簡単に乗らなくてホッとしたよ。彼女にはいやな役目をさせて申し訳なかったのぅ」

博士はため息をついた。

「ツバサの方はどうでした？」

「精神的にも肉体的にも安定しておるよ。好きな男に求められて大切にされて、幸せの絶頂といったところだな」

満足げに笑った博士が、ふと笑みを解いた。

「今は互いに満足なようだが、これからどう変わるかの。人間同士でも、最初は楽しいばかりなものだ。相手から自分と同じだけの〝想い〟が返ってこないとわかったとき、どうなるか……」

「人工知能はなんとも思わないのか、それとも学習する彼の脳は悩み、傷つくのか……。人としては最低でしょうが、わたしは研究者としての好奇心の方が勝《まさ》ります」

「……そういう実験だからのぅ、仕方あるまい」

＊

家に戻る途中、昼食を取ろうとこぢんまりした喫茶店に入った。ドアの古びた木の風合いが、いかにも個人の趣味で開いているといった風情の店構えである。

ドアベルの音を立てて店内に入ると、この店に似合いの古めかしいジャズが流れていた。

ツバサがぎくりとした表情で足を止め、窺《うかが》うようにヴィンセントを見上げる。

「どうした？」

「……いえ、なんでもありません」

心なし、がっかりしたように見える。

理由を聞こうと思ったとき、カウンター越しに店主が声をかけてきた。

「いらっしゃい。ウチは土曜はランチは一種類しかやってないんだが、大丈夫かい？」

「俺は構いませんけど。ツバサも平気？」

隣のツバサも、こくりと頷いた。二人掛けのテーブルに腰かけると、どことなくツバサの態度が硬い。

「どうかしたのか、ツバサ？」

「いえ……」

なんだというのだろう。

それ以上会話は続かなかったが、待つほどもなくランチが運ばれてくる。

目玉焼きとベーコン、サラダがワンプレートに乗り、パンとコーヒーがついたシンプルなメニューである。とりあえず食べている間は間が持ちそうだ。

ツバサが店主に、

「醤油はありますか」

と尋ねると、カウンターの向こうから手渡された。

ツバサが目玉焼きに醤油をかけ、ヴィンセントにも「はい」と渡してきたので、笑ってしまった。

「なに、ツバサは目玉焼きに醤油をかけるの？　日本人だからかな」

ツバサがハッと目を見開き、まるで見知らぬ人間のようにヴィンセントを見た。

しばらくヴィンセントを見つめていたが、くしゃりと顔を歪めて視線を外した。

「……すみません、あなたは違うんでしたね」

日本人ではないという意味なら、見た目からして違うのだが。

自分に合わせてほしい、同じ味を感じたいということだろうか。甘えん坊な子なら考えそうなことだ。

「俺が醤油を使わないと残念？　いいよ、試してみよう。きみが美味しいと思うなら、きっと俺も気に入るよ」

「やさしいんですね。でもお好きなもので召し上がってください」

悲しげに笑ったツバサまでの距離が、心なしか少し遠くなったように感じた。

最近不安定に思えることはなかったが、ときどき見られるツバサの感情の揺れ方がわからない。汎用型ＡＩにも一定の思考回路はあると思うが、それが学習効果ゆえなのだろうか。

自分ももっと勉強する必要があるなと、味などわからぬように機械的に料理を口に運ぶツバサを見ながら思った。

ふと食事の手が止まったツバサが、どこか遠くを見るような目をしてぽつりと呟いた。

「ぼくは薄情ですね……」

「なにが？」

ハッとして顔を上げたツバサは、動揺した表情をした。

声に出ていると思っていなかったようだ。

しばらくヴィンセントを凝視していたツバサは、やがて切なげに目を細めた。

「……ヴィンセントには、将来の夢ってありますか」

突然尋ねられて面食らう。

「夢？」

「子どもの頃なりたかったものとか、家の仕事を継ごうとか」

言われて自分の記憶を探る。

特に思い当たらない。

両親は会社勤めをしていて、後を継ぐような仕事ではない。自分は当たり前に学校に通い、大学を出て、就職した。

転職は自分の適性を活かしたいと思ったからだ。以前のオフィスも嫌いではなかったが。

別にすべての子どもがスポーツ選手や医師やパイロットを目指すわけではない。でも漠然とした憧れくらいあってもいい気がする。

あらためて問われると、なりたいもののない状態ということが不自然に思えて、なにかしっくりこない。だが思い当たらないものは仕方ない。

「どうだろう、なにも考えていない子どもだったんじゃないかな。今は当面、セールスを上げることが目標だけど。ツバサは？」

聞いてから、バイオロイドに夢もなにもないか、と思ったが、意外にも返事が返ってきた。

「ぼくは温かい家庭が築けたらいいなと思っていました。ただいまと言ったらおかえりと返してくれる、待っていてくれる人がいる家を」

ああ、この子は家で〝待つ〟タイプのバイオロイドだからそう言うのか。

ボランティア用ロボットが世界平和を願うように、『ラヴァー』が主人を満足させることが喜びだと答えるように。

ツバサの言い方が過去形なのが引っかかったが、子どもの頃の夢のつもりで話しているのだろうと考えると、納得した。

いつも一緒にシャワーを浴びて、ときにはバスルームでそのまま行為に及んだりもするが、今夜はツバサに一人で入りたいと言われた。

先にベッドに入っていたツバサに触れようとすると、体を強ばらせて肩を押し返される。

「ごめんなさい、今日は……」

セックスを拒否されるなんて初めてで驚いた。

「どうした、どこか悪いのか」

普通の恋人ならそんな日もあるだろうと思うが、彼はセクサロイドである。不満に思うのではなく、単純に心配だ。

今日は研究室帰りに昼食に寄った喫茶店に入ったときから様子がおかしかった。

やたらに落ち込んでいて、ヴィンセントと目を合わせようとしない。それでいて、気づくとヴィンセントを見つめていて、視線が合いそうになると慌てて逸《そ》らす。

訝しく思っても問い詰めなかったのは、前から不安定な部分はあったからだ。きっとベッドに入ってしまえば甘えてくるだろうと、いささか楽観的に考えていた。

だがさすがに心配になる。

「……体調は大丈夫です」

「なら、俺がなにかしたか？　きみの気に障ることでも？」

まさかヴィンセントに将来の夢がないからというわけではあるまい。

ツバサは静かに首を横に振る。

「あなたのせいじゃありません」

「じゃあなにか悩みごとが？　そうなら相談に乗らせてほしい。恋人なんだから」

ツバサがヴィンセントを見上げた。

ヴィンセントの瞳を見つめ、悲しげにほほ笑んだ。

「そう……ですよね。恋人……」

なんだというのだ。

「ごめんなさい、今日は疲れてしまって。もう眠ってもいいですか」

言葉の上では許可を求めているが、実際はヴィンセントを拒否している。

無理やり理由を問い詰めても、いい結果にならないだろうことは予想できる。元気がないなら慰めたいのはやまやまだが、今はヴィンセントと一緒にいることが辛いらしい。

「わかった。今夜は俺はソファで寝ることにしよう。ゆっくりおやすみ」

やさしくほほ笑んでからツバサの頬にキスを落とし、ベッドから出た。

部屋を出て行くヴィンセントを泣きだしそうな顔で見送りながら、それでもツバサは追って来なかった。

4.

翌日になってもツバサに元気は戻らなかった。

あまり眠れなかったようで、赤い目をしている。泣いてしまったらしく、目の周りも腫《は》れていた。

食欲もなく、小鳥のように少し皿をつついただけでカトラリーを置いてしまった。

「ツバサ」

声をかけると、のろのろと顔を上げる。

こんな顔をして家で塞ぎこんでいても落ち込むばかりだ。

「外はいい天気だよ、散歩に行こうか。公園の近くに美味しいアイスクリームのショップができたんだ」

連れ出して、気分を変えてやりたい。

気乗りしなそうなツバサに、

「俺が行きたいんだ。つき合って」

多少強引に誘うと、やっと頷いた。

エレベーターから外に出て手をつなごうとすると、ツバサはためらう素振りを見せた。

重い空気にならないように笑い、手を下ろす。

「いいよ、今日はそんな気分じゃないいんだろう？」

正直、手をつなぐことすら拒否されたことは、内心ショックだった。

だがツバサの負担にならないよう、そんな態度はおくびにも出さない。

無言のまま並んで歩きながら、目的のアイスクリームショップに向かった。

うららかな日差しが降り注ぎ、子どもたちのはしゃぐ声や鳥のさえずりが聞こえる。

犬と散歩する人、ジョギングをする人などとすれ違う。

公園の中心部の噴水に差しかかったとき、女性たちのくすくす笑い合う声が聞こえた。

あきらかに揶揄を含んだその笑い声に、彼女たちの視線の先をたどると、一人の中年男が量産型の『ラヴァー』を連れてベンチに座っていた。

ラヴァーの中でも人気の高い、さらりとした黒髪が清純そうな少女型だ。隣に座ってアイスクリームを頬張る男を、愛しげな目で見つめてほほ笑みを浮かべている。

ラヴァーは飲食ができないので、見ているだけである。男は身なりを構うタイプの人間ではないらしく、容姿も冴《さ》えない。だがとても幸せそうにラヴァーに笑い返していた。

「やあだぁ、あれセクサロイドでしょ。よく外連れ歩けるねえ」

「彼女とお散歩のつもりなんじゃない？　人間の彼女ができないからって寂しい～」

「ああいうのって部屋に閉じ込めておけばいいのに。人形と恋愛ごっこなんて気持ち悪い」

彼女らの言い分に嫌悪感が湧いた。

『ラヴァー』は量産型なので、同じ外見のものが多数存在する。だから知っている人間には、あれがセクサロイドだとわかってしまう。

けれど服を着ていれば、普通の家事用バイオロイドと変わらない。連れ歩くことになんの問題もないはずだ。

そういうふうに作っている。自社製品としてのプライドもある。

「見てて恥ずかしいから、ちょっとひと言言ってきてやろうかな」

「やめなよ〜、カワイソウだよ〜」

きゃはは、と笑う女性たちにさすがに眉を顰《ひそ》めたとき、隣のツバサがとても苦しそうに胸を押さえているのに気づいた。

女性たちを見つめ、胸がひどく痛むように眉を寄せている。

ツバサが傷ついていると感じて、彼女らに無性に腹が立った。

この子だってバイオロイドだ。でも喜んだり悲しんだり、妬いたりだってする。

「失礼ですが」

気づいたときは、女性たちに向かって一歩近づいていた。

女性たちがパッと振り向く。

「人形に恋をしてはいけませんか？　自分の好きなものを堂々と愛することはおかしいでしょ

うか」

女性たちは、「しまった」という顔で嘲笑を引っ込めた。

「たとえ相手が人形でも、誰かを愛する気持ちに変わりはないでしょう？」

顔を見合わせた女性たちは、陰口を聞かれていたばつの悪さから、逆に反発心を起こしたような空気を出した。ヴィンセントを睨《にら》みつけてくる。

他人事なのだから無視していればよかったのかもしれないが、自分たちのことを馬鹿にされているようで黙っていられなかった。

彼女らとの間に険悪な空気が流れ、中の一人が今にも言い返そうと口を開きかけたとき。

「あの……」

ツバサが控えめに声を出しながら、ヴィンセントを背に守るように進み出た。

ちらりとラヴァーと男性に視線を送り、それからまっすぐに女性たちを見た。

「本当に、好きなんだと思うんです。誰かに迷惑をかけているわけではないし、ぼくは恥ずかしいこととは思いません」

声は小さいけれど、しっかりとしていた。

話しかけられたわけでもないのに、ツバサが自分から意見したので驚いた。

ツバサは緊張からか怒りからか、かすかに顔を紅潮させている。

「ぼくは……、ぼくの、勝手な考えですけど……、すみません。でも、聞いていてとても悲しくて……」

ツバサの言葉に、じん…、と胸が疼いた。

責めるというより、自分が辛いのだと訴える声は、女性たちの反発心を削《そ》いだようだ。

「どう感じるかは自由だと思うんですけど、でも……、お願いします、そんなふうに言わないでください」

そう言って、女性たちに向かって深々と頭を下げた。

自分の考えを押しつけてはいけないと思いつつ、言わずにいられなかった。そんな感じだ。

女性たちは居心地悪げに視線を交わし合う。

「行こ」

そそくさとその場を去る女性の一人が、「ロボットと結婚できるわけでもないのに、バカみたい」と呟くのが聞こえた。

ツバサは握った拳を胸に当て、痛みを押し殺すような表情をしている。

自分のことを言われている気になったのだろうか。

ツバサはラヴァーと違って人間と変わらない外見を持っているけれど、やはりセクサロイドだから。

「ツバサ、気にしなくていい」

ツバサは深く息をつき、心配げに男性とラヴァーの方を見た。

「ぼくは平気です。でも……、あの人たちに聞こえてなかったらいいんですが……」

　幸い聞こえていた様子はなく、アイスクリームを食べ終わった男性は、ラヴァーと腕を組んで反対側に歩き始めた。

　ラヴァーは幸せそうに男性の腕に寄りかかっている。その純粋な愛情が美しいと思った。

　二人が遠くなってから、ツバサはまだ赤みの残る顔でヴィンセントを見上げた。

「そう……、そうですよね。誰かを愛する気持ちに変わりはないんですね。人形に恋をしても……」

　ツバサは宝物のように言葉を噛みしめ、嬉しそうにほほ笑んだ。彼の中で、今の出来事でなにかが納得できたらしい。

　さきほどまでの暗い表情は消え、きらきらとまぶしいものを見るような目をヴィンセントに向けた。

　あらためてツバサを見る。

　心配し、不安になり、人に意見するロボット。これが学習するＡＩ。バザーのときは嫉妬まで見せた。

　あれはプログラムだと思っていたが、学習して新たに芽生えたものだとしたら。

　もしもその思考や行動を〝感情〟というのなら、彼らと人間の違いはどこにあるのだろう。

　ツバサを気遣い、笑顔が見たいと思う自分の感情も、変わらないのではないか。

「…………」

今まで本当の恋人として扱おうと思いながらも、心のどこかで人形だという気持ちは拭えなかった気がする。ひたすら愛情を傾けてくるだけの存在だと。

でも……、では、もし学習した彼が、自分のことを愛するに値しない男と判断したら？

「……まさか」

思わず口に出てしまった言葉を隠すように、唇を手で覆った。

背筋が冷たく凍りつく。

たった二カ月、恋人ごっこを楽しめばいいと思っていた。もちろん真剣な仕事のつもりだったが、手放すことを前提に。

ツバサが自分に愛想を尽かすことを考えただけで気持ちが焦る。

これはなんだ。この感情は。

まさか、愛している？　人形を？

「ヴィンセント？」

見上げてくるツバサの小さな顔が愛おしい。

試験期間終了後、記憶を洗い流されて誰かに売られ、別の主人を愛する記憶を植えつけられるツバサを思うと、腹の底から得体の知れない黒いものが湧き上がる気がした。

この子が自分以外の人間を愛し、瞳に別の男を映し、体を好きに抱かせるだと？

「大丈夫ですか。ぼくといるのが恥ずかしくなりましたか」

不安げに瞳を揺らすツバサに心配させてはいけないと、なんとか笑顔を作った。

「そんなわけないだろう。嫌な会話を聞いたな。さあ、行こうか」

「ヴィンセント。アイスクリームショップの前に図書館に行きたいです」

「図書館？　構わないけど」

方向としては逆方面だが、そんなに遠いわけでもない。

並んで歩き出しながら、ツバサの様子を窺った。

さきほど感じた黒いものが胸の中にわだかまっている。いずれこの子を手離さなければいけないと思うと、焦燥がヴィンセントを包んだ。


図書館に足を踏み入れるのは、ヴィンセントは実は初めてである。

情報は電子機器で見聞することが主流で、紙の書籍を手に取るのは一部の好事家《こうずか》に限られているといっていい。

しかしいつの時代にも紙書籍を愛する人間はいるものである。館内は静かだったが、人影がちらほら見えた。

「……建物、新しいんですね」

ツバサが館内を見回しながら、ぽつりと呟いた。

「何年か前に全面的に修繕したらしいよ」

「そうなんだ……」

どこか寂しげだ。

ツバサが歩いていったのは、子ども向けの絵本が並ぶエリアだった。あまり迷う様子もなく、絵本を一冊棚から抜き出した。とても古い絵本だった。

ツバサは声を潜めて、ヴィンセントに話しかける。

「図書館て来たことありますか」

「いや、初めてだ」

ヴィンセントも他の利用者の邪魔にならないよう、ツバサにしか聞こえないひそひそ声で返事をする。

欲しい情報はコンピュータで取り出せるし、読書はもともとあまりしない。図書館に来る必要性を感じたことがない。

「ですよね」

ツバサは笑った。

「あなたはそうだと思いました」

顔は笑っているが、どことなく悲しそうにも見える。あなたは、ということは、違う誰かを思い浮かべているのだろうか。

ツバサが手に取った古びた絵本を開くと、中のページは折れ曲がって色褪《あ》せていた。

「この絵本、友達のいない男の子の話なんです。男の子は、たった一人の友達であるぬいぐるみにいつも話しかけていて」

なぜそんな絵本をツバサが知っているのだろうと疑問に思った。いや、メジャーな絵本の内容くらいは情報としてインプットされているのかもしれないが、大して迷う様子もなく手に取ったのを不自然に感じた。

それとも、適当に選んだ本についての解説を始めたのだろうか。

「男の子は神さまにお願いするんです。ぬいぐるみがしゃべったり動いたりできるようにしてくださいって。そうしたら神さまは男の子の願いを叶《かな》えて、ぬいぐるみには魂が宿って本当の友達になりました」

「おとぎ話だね」

「ええ。でも夢があると思いませんか。人形に魂が宿るなんて、神秘的です」

ふとこれはツバサ自身にも当てはまるのではと思った。

無機質な人形や道具に魂が入ると思うとなんともいえない気持ちになるが、ツバサほど人間と変わらない人形にならば。

いや、むしろ自分の意思がないなんて思えない。

期待で胸が高鳴った。

もしかしてツバサは、そのことをヴィンセントに伝えようとしている？

「ツバサ……、きみにも魂が宿ってるのか？」

ツバサはまっすぐにヴィンセントの目を見た。

瞳になにかを探すように。

血流がこめかみでうるさいくらい音を立てている。答えはどうなんだ？　もし……、もし意思を持って自分を愛しているなら……。

ツバサが口を開いた。

「わかりません」

どん！　と心臓を殴られたような気がした。

膨らんだ期待がみるみる萎《しぼ》んでいく。

ヴィンセントはがっかりした顔をしたのだろう。ツバサは手を伸ばしてヴィンセントの頬に触れた。

「わかりませんけど……、ぼくはあなたを好きです。この気持ちは本当です」

「……そうだろうな……」

そう記憶を植えつけられたのだから。偽りであるはずはない。

どうにもならないことだ。ツバサのせいでもない。

それでも。

ツバサがヴィンセントを愛していることに変わりはない。それが刷り込みだとしても、彼の純粋な愛はまっすぐ自分に――――、自分だけに向けられている。

あの公園で見かけた男性を思い出す。彼はラヴァーを真剣に愛しているのだろうか。

自分でも驚くほどがっかりしてしまった気持ちを押し込めた。

ツバサは絵本を棚に戻すと、懐かしい場所でもあるようにぐるりと部屋を見渡した。

「中を歩いていいですか」

ツバサはときおり足を止め、静かに目を閉じる。

最後にカウンターを見つめて両手を合わせ、口の中でなにか小さく呟いた。

――――……ごめんなさい、ありがとう。……さよなら。

ほとんど音にならない言葉だったが、そう言ったように聞こえた。誰に、なにに向かって言ったのか、図書館を出てからツバサに尋ねた。

「なんでもありません。そんなふうに聞こえましたか？」

笑いながら否定するツバサにはぐらかされた気はしたが、きっと食い下がっても答えないだろう。

なんだか振り回されているようで、悔しくなってツバサと手をつないだ。

「遠慮するのはやめた。俺のしたいようにする」

手をつなぎたい。

もちろん本気で嫌がったら離すつもりでいたが、頬を赤らめたツバサは人目を気にする様子でありながらも、振りほどくことはなかった。

さきほどまでとは裏腹に、むしろ嬉しそうに口もとを弛ませる。

どこか安心したような、やわらかい笑みだった。

つないだ手から温かいものが流れ込んでくるようで、知らずヴィンセントも表情が和《やわ》らぐ。

ツバサにどんな心境の変化があったかはわからないが、いつものツバサに戻ってくれたならそれでいい、と思う。

公園の中に入ったとき、杖《つえ》をついた老婦人が、落としたハンカチを拾えずに難儀している場面に遭遇した。

「大丈夫ですか。拾いますよ」

ハンカチを拾って手渡すと、礼を言って受け取った老婦人が、ヴィンセントの顔をまじまじと見つめた。

「あら……」

「なにか？」

老婦人は不思議そうにヴィンセントを見つめたあと、くしゃりと顔をほころばせた。

「あら、あら、お久しぶりねえ」

誰かと間違えているのだろうか。老婦人に見覚えはない。

老婦人はふとヴィンセントの隣に立ったツバサに気づき、さらににっこり笑った。

「いつも仲よしねえ。今日も図書館？」

「え？」

なぜ図書館に行ったことを知っている？

ツバサを見ると、ひどく表情を強ばらせて老婦人を見ていた。

「どうした、ツバサ？」

ツバサはびくりと体を震わせ、振り向いて一目散に走りだした。

「待て、ツバサ……！」

目を丸くした老婦人を一瞬だけ見て、慌てて会釈だけしてツバサの後を追う。

幸いツバサの足はあまり速くなく、公園を出たところで腕を捕まえた。

「待て！　どうした？」

ツバサは大きく肩で息をし、苦しげにヴィンセントを見上げた。

「ごめんなさい……、急に、調子が悪くなって……。家に帰りましょう？」

「調子が悪いなら博士に連絡を取って診《み》てもらおうか」

ツバサは力なく首を横に振る。

「大丈夫です。家に帰りたい」

ぎゅっとヴィンセントのシャツをつかんだ。

明らかにさきほどの老婦人を見て動揺したようだが、聞かれたくないと全身で拒絶の空気を出している。

そしてあの老婦人も、ツバサを知っているような顔をしていた。

なにを隠してる。俺の知らないなにがある。

訝しんだが、問いただすより落ち着かせてやらねばと思った。

老婦人のいる公園を一度だけ振り向き、後ろ髪を引かれる思いで家路についた。


ほとんど駆け足でマンションに戻るツバサは、怖ろしいものから逃げるように背後を気にしていた。

エレベーターが降りてくる間ももどかしいようで、そわそわと体を揺らす。エレベーターの中では、辛そうな顔で自分を抱きしめていた。

尋常ではない様子に、さすがに戸惑う。人工知能になにか不具合が生じているのだろうか。

そう思ってから、すぐにツバサをバイオロイドだからという理由で片づけようとしてしまう自分に腹が立った。

違うだろう、俺はツバサの恋人だ。

ツバサを抱き寄せ、落ち着かせようと背中を軽く叩いた。

「なにがあった。言ってみろ」

ツバサは腕の中からヴィンセントを見上げる。

「あなたが……、あなたが好きです。好きなんです、ヴィンセント……」

血を吐くように訴える。

なにを今さら、と胸が騒いだ。昨日から今日にかけては様子がおかしかったが、それ以外はずっと俺に夢中だったじゃないか。

「知ってるよ」

答えると、ツバサは泣きそうな顔をした。

だがそれ以上なにも言わなかった。

家の玄関に入るなり激しく求められ、ドアに背を押しつけられたままツバサからのキスを受ける。

「ヴィンセント……、抱いて……」

ツバサは片手でヴィンセントの後頭部をかき抱《いだ》いて唇を貪りながら、自らシャツのボタンを外していく。

「どうした、調子が悪いんじゃなかったのか」

ツバサは荒い息をつきながら、ヴィンセントの首筋に噛みついた。

シャツの前をすべて開き、ヴィンセントの手を導いて胸に触れさせる。手のひらにぽっちりとした胸芽を感じた。こんなに積極的なツバサは初めてだ。

かすかに汗ばんだツバサの脇と首もとから欲情の匂いが立ち昇り、急速に下腹に熱が集まっていく。

「怖いんです……。抱いて。あなたの熱で安心させて……」

しがみついてきたツバサの髪に唇を落としながら、つかんだ胸をゆっくりと揉んだ。

「怖い？　なにが？」

軽く触れただけで、敏感なツバサの体は甘く蕩け始める。

すぐに熱い息を零し始めたツバサは、胸の先端を親指の腹で円を描くように撫でてやると、びくびくと体を折り曲げた。

「あなたがいなくなってしまうのが……」

「どうしてそんなこと思うんだ。いなくなったりしないよ」

試験期間が終わるまで。

胸がずきんと痛む。

いなくなるのはきみのくせに。

終わりの見えている関係だから燃え上がるのか、手放したくないという欲求が強くなるのか。指の腹で乳首を押し潰しながら反対の手をデニムのウエストから忍ばせ、片方の尻を鷲《わし》づかみにした。

「あ……、あ……」

ツバサはヴィンセントの胸に上気した頬をすり寄せ、快感に身を任せている。ツバサの腿《もも》の間を膝で割りこみ、下肢のつけ根を下からぐりぐりと刺激すると、仔ウサギのように体を跳ねさせた。

熱く瞳を潤ませてヴィンセントを見上げ、頬を包んで唇を合わせてくる。

「好き……」

ベッドまで待てない、と忙《せわ》しなく動く舌が告げている。

体勢を入れ替えてツバサをドアに寄りかからせ、足もとに跪《ひざまず》いた。

デニムの上からツバサの雄に口づけると、ツバサは期待に満ちた目でヴィンセントを見下ろす。

ヂッ…、とファスナーを下ろす音が、やけに淫猥に響いた。こんな場所でしているという状況からか、気持ちが昂る。

デニムの前を開き、すでに下着を押し上げるツバサの若い茎に、布越しにかぷりと噛みつく。

「あんっ……」

そこはたちまち張りを強くし、グレーの布地の尖った部分がじわりと色を変えた。

甘い欲情の香りに誘われて、濡れた部分を舌先でなぞる。ツバサはびくびくと腰を震わせ、快感を訴えるように指先でドアの表面をこすった。

下着の上から雄茎を咥えこみ、熱い息を吹き込みながらねっとりと舌の腹で舐め回す。

「う……、ぁ……、ん……、それ、や……、ちょくせつ……」

直《じか》に舐めてほしがって無意識に腰を突き出すのが色っぽい。

後ろを弄りやすいようデニムを膝まで下げ、唾液で濡らした指を下着のすき間から挿し入れて後孔をゆるゆると撫でた。

ぬぷ、と指の先を潜り込ませると、腰をよじって逃げようとする。

叱るように下着越しに陰茎に歯を立てれば、小さな悲鳴が唇から迸《ほとばし》った。

「だめ……、いや……、で、出ちゃいます……」

下着の中に吐精したくない、とツバサは首をふるふると横に振る。

やたらに意地悪をしたい気分が高まった。

歩いているときに感じた黒い苛立《いらだ》ちがヴィンセントを包む。

こんなに自分を好きな素振りを見せるのもプログラムなのか？　いずれ他の主人に売り渡され、ヴィンセント以外の誰かを愛するのか？

ツバサに罪はないのに、腹が立った。

もっともっと翻弄《ほんろう》して、自分自身を刻みつけたい願望が強くなっていく。

「中に出せばいい」

「いや……！」

「じゃあ俺の口の中に出す？　いいよ、半分こして飲もうか」

自分の出したものを口移しで飲ませる、と宣言されて、ツバサの顎がひくりと震える。

舌で小刻みに刺激を与えながら撫で上げると、力の入ったツバサの指がドアを引っかいた。

下着の中で陰茎がびくんびくんと跳ねている。

「どうする？　俺はどっちでも構わないよ」

下着のウエスト部分に人差し指を引っかけて、ツバサの下腹の匂いをすうと嗅ぎながら、脱ぐのか脱がないのかと尋ねた。

「…………、このまま……」

消え入りそうな声でツバサが答える。

後腔に潜らせた指をぐっと奥まで押し込めると、はだけた胸を喘がせて鳴き声を上げる。

「あ……、あ、ん……」

立ったままだからだろうか、いつもよりきつくヴィンセントの指を食みしめた。

陰茎のつけ根から亀頭とのつなぎ目まで、丹念に舌で往復して舐め濡らす。ヴィンセントの唾液を吸い取って、グレーの下着がどんどん色を濃くしていく。

舌に感じるざらざらした布の感触にやけに興奮する。

下着を突っ張らせた亀頭を口に含んで甘噛みすると、思わず腰を折ったツバサがヴィンセントの後頭部をつかんだ。

「ヴィンセント……ッ！」

激しく指を出し入れしながら先端を舐めしゃぶれば、ほとんど叫びに近い喘ぎを上げたツバサはヴィンセントの口から逃げようとする。

それを許さず腰を抱え込み、体勢的に少し弛んだ後孔にもう一本指を増やした。

「はぅ……っ！」

弄りやすくなった前立腺を二本の指ですり立て、挟み、同時に親指で陰嚢《いんのう》の裏側を強く押して濃厚な快感を与えてやる。

「ひゃっ、あ、あああ……っ、あ——…………っ！」

ツバサはあっけなく精を放った。

青い匂いが鼻腔を満たし、すでに唾液でぐっしょりと濡れた下着から、ぬるりとした粘液が染み出てきた。

「う……、あぅ……」

ドアに腰をもたれさせてようやく立っているツバサは、白い腿を震わせている。閉じたまつ毛の間から、吐精の余韻でぽろりとひとしずく涙を零した。

ツバサがくずおれる前に立ちあがり、頭を抱き寄せて自分に寄りかからせる。ツバサは息を荒らげながらヴィンセントの腕に縋り、額を肩口に押し当てた。

腕を伸ばして布越しに鈴口辺りを指で撫でると、感じすぎるらしく「ひっ…」と喘いで腰を引いた。

まだ形を残した陰茎を手で覆い、ゆっくり上下に扱くとぬちゃぬちゃといやらしい音が立つ。温かいぬめりを手のひらに感じて気持ちいい。

「下着の中が精液でぬるぬるだ。こんなにたくさん出して、いやらしいね」

「……、っ、ぁ……」

耳に息を吹き込むように囁けば、背を震わせて感じたツバサはずるりと床にしゃがみ込んだ。とろりとした視線をうつろわせ、服を乱したましどけなく手足を投げ出す様は、まさに魂の抜けた性人形そのものだ。いつもこの表情にぞくぞくしてしまう。

垂れ流れるような色香に息を呑む。

あどけないといっていい表情に色濃く浮かぶ快楽の残滓《ざんし》。

思わず舌で乾いた唇を濡らした。

「ツバサ……、自分だけ気持ちよくなっておしまい?」

かちゃりと音を立ててベルトを外すと、ぼんやりとしたツバサの瞳にかすかに意思のようなものが戻った。

すでに昂りきった男根を取り出す。

「あ……」

ツバサは見上げる形で男根を視界に入れると、半開きにしていた唇を結び、こくりとのどを鳴らした。

その角度で見たら、滾《たぎ》った雄はより凶悪に感じるだろう。

このまま抱き上げて貫いても構わない。

ツバサの脚を自分の腰に巻きつかせる形で抱きつかせ、尻をかかえ上げて挿入したら、仔猫のような声で鳴くに違いない。

オーランドの言葉が耳によみがえった。

――いい加減フェラチオくらい覚えさせる頃合いだと思いますが。

無理強いをする気はない。

けれど……。

「……舐めてみる？」

舐めさせたい、と思った。

この小さな口に男根を頬張る顔が見たい。

返事をしないツバサの後頭部に手を添えて、しゃがんだままの彼の高さに合わせて腰をかがめ、口もとに雄をあてがった。

上を向いたツバサの唇に男根の先端を当て、ゆっくりと左右に動かして先走りで濡らす。ツバサが目を細めた。

避けないことを確認してから、ツバサの唇の合わせ目に指を入れて口を開かせる。きれいに並んだ白い小さな歯が扇情的だった。

「口を大きく開いて、舌を出して」

言われるまま、素直に口を開く。

まるでそれ用の性具のように、濡れた赤い肉の洞《うろ》がヴィンセントを誘う。

雄の根もとを持ち、斜め上から口中に挿し入れていった。

「ぐ……、く、ん……」

いきなり奥まで突っ込んで苦しくさせたりしない。慣れないツバサの口では先端を含むだけでいっぱいいっぱいだ。

亀頭を上顎にすりつけ、透明な蜜液を塗りつける。自分の匂いと味を覚えさせたい。

膨らんだ先端で舌を押し下げるようにしながら、雄をゆっくり出し入れする。

「唇を窄《すぼ》めて」

従順なツバサは嫌がらない。こんなに素直に従われると、凶暴な衝動が膨れ上がりそうになる。

苦しがる狭いのど奥に突き込んで、劣情を浴びせかけたい。

泣き叫ぶ体に雄を突き立てて、内も外も汚して自分の匂いで染め上げたい。

「んん……、ん、ぅ……」

ヴィンセントの雄が前後するごとに、上手に咥えきれないツバサの口端から唾液が垂れ零れる。

懸命なツバサの目尻に涙が滲んでいるのを見て、なんとか獣欲を押さえ込んだ。

「自分で呑み込んでごらん。頭を動かして、できるだけ奥まで」

腰の動きを止め、ツバサを促す。

ツバサは雄茎に手を添えると、目を閉じてぐっと奥まで呑み込んだ。

「ん、ぐ……、ぅっ」

のど奥の苦しい部分に突き当ててしまったらしい。ぐぅっとえずきかけたが、なんとかこらえて濡れた唇を震わせた。

「ん……、ん……」

苦しいのが怖いのか、先端だけを浅く出し入れしながら、飴玉《あめだま》のようにしゃぶる。

気持ちよくないわけではないが、もの足りない感覚が腰にわだかまる。

「無理してのどまで挿れなくていいから。手で扱いて、舌で舐めて。竿《さお》の根もとから上の方に向かって、アイスクリームを舐めるみたいに」

ツバサはいったん男根を口から取り出し、汚れた唇を手の甲で拭うと、長く舌を伸ばして肉茎を舐め上げた。

素直にアイスクリームを食べるときのように舌の腹で舐める顔が、まるで美味しいものを味わっているかに見える。

上手とは言えないが、懸命に言われたことをしようとする姿は情動を掻き立てる。

「もういいよ。すごく気持ちよかった。そろそろきみの中に入りたい」

ツバサの口から雄を離すと、男根はぬらぬらと光っていやらしい性具のように見えた。

立ち上がらせてドアに手をつかせ、脚を開いて腰を突き出させた。

膝まで下りたデニムとボタンを外したシャツはそのままで、中途半端に脱がせた格好が情欲をそそる。

下着に手をかけて下ろすと、ヴィンセントを味わって再び興奮を強めたツバサの雄がぶるんと飛び出した。

陰茎も睾丸《こうがん》も、淡い下生えさえ白濁まみれだった。下着と性器の間に淫猥な粘液が白い糸を引く。ねばついた精液がツバサの内腿を汚して伝い流れた。

下着の中に溢れた精を指先に絡め、ピンク色に尖った胸粒に塗りつける。

「あ、ん……っ」

「いっぱい出たね。そんなに気持ちよかった？　それとも昨日しなかったからかな」

くちゅくちゅと雄の先端でツバサの穿孔《せんこう》の上を往復すると、貪欲な襞が割り開かれたがって緩やかに口を開く。

ゆっくり圧をかけると肉の環が広がり、悦んでヴィンセントを迎え入れる。

「あ……、あ……、あ、あぁ………っ」

男根の反り返りに合わせるように、ツバサの腰がしなる。

体勢的にツバサが雄を呑み込んでいくのが丸見えで、ヴィンセントの興奮を煽った。

こんな小さな尻にこんな大きなものを咥えこんで、と思うだけで頭の後ろが痺れるほど血が滾る。

みっしりと奥まで収めきると、ツバサの膝ががくがくと震えた。

「おおき……、おっきく、て……、こ、腰が……、抜けそう……っ」

ツバサの痴態と視覚的な興奮で、いつもよりたくましく漲《みなぎ》っているのがわかる。

背中に覆い被さって、やわらかな耳朶を噛んだ。

「ここで欲しがったのはきみだよ。頑張れるね？」

浅く速く呼吸をしながら目尻に涙を溜めたツバサが、こくんと頷いた。

そんなに健気にするから、ひどくしたくなる。

でも同時に、やさしく大切にもしたくなる。

欲情と愛情が入り混じって、ツバサに埋めた男根がさらにぐんと角度を上げた。

「ひ……！」

尻の両側に手を添えて親指で孔を外に広げるようにしながら引き抜くと、充溢《じゅういつ》に絡みついた薔薇色の媚肉《びにく》が淫らにめくれ上がった。

「あっ、あ……、それ、なんか……、いつもと違う……！」

敏感な肉襞の入り口を広げた状態で、より奥まで突き込める。

ぬちゅっ、ぬちゅっ、と音を立てて濡れた肉棒が出入りするのが、目眩《めまい》がするほどいやらしい。

自分の先走りと雄を濡らしたツバサの唾液が粘膜でこすれ合って、官能的な匂いが立ち昇る。

「あんっ、やぁ、ヴィンセント……！　お、奥すぎ……っ！」

かちかちに尖った雄の先端が、腸壁のいちばん奥に当たるのを感じる。

最奥を抉り抜くように突き上げれば、ツバサの唇から高い悲鳴が迸った。

ツバサの唇を手のひらで覆う。

「いいの？　ドア越しにエレベーターホールに声が響くかもしれないよ」

実際そこまでドアは薄くないだろうが、ツバサは怯えた目をした。その表情に余計煽られる。

「いやなら、声は控えめにね」

言いながら、わざと男根を叩きつけた。

「んうっ……！」

くぐもった喘ぎが上がる。震える息とやわらかな唇を手の中で感じ、興奮で理性が曇った。

快感で膨れ上がる狭い淫道で、張り切った剛棒を長いストロークで扱き上げる。熱い粘膜に包まれて気が遠くなるほど気持ちがいい。

「ああ……、あああ……、あぅ、ひ……、ぃぃぃっ、っ、あぁぁぁ……――」

快感をこらえきれずしゃくり上げるツバサを力強く穿《うが》ちながら、ツバサが聞かれたがる言葉を投げかける。

「ツバサ……、俺のことが好き?」

交接音にかき消されてしまいそうなかすれ声で、それでもツバサはがくがくと頷きながら答えた。

「……き、ヴィン、セ……、すきっ……!」

無心な愛情に心が満たされていく。この子は自分を求めている。

「俺も……、愛してるよ、ツバサ」

言いながら、ツバサのいちばん奥に劣情を浴びせかけた。

嬌声《きょうせい》を上げたツバサの雄からも熱い飛沫が迸る。十代の若い精は勢いよく飛び散って、ドアを汚してもったりと垂れ落ちた。

「あぅ……、は……、あぁ………」

ずるりとドアにもたれるツバサの腰をつかみ、放ったばかりの白濁を肉筒になすりつけるように、ゆっくりと亀頭の先端で奥をかき混ぜた。

泡立った白い粘液がすき間から染み出てくる。

これはマーキングだ。

この子は俺のもの。俺の匂いをつけ、俺の形になった肉孔で俺を悦ばせる。

「ヴィンセント……」

肩越しに涙目で振り向き、キスが欲しいと瞳で訴える。

欲しがる口づけを与えながら、ツバサがいつか誰かに買われて自分を忘れてしまったら、自分はどうなってしまうんだろうと思った。

必ず来るはずの未来を今は意識から追い出すように目を閉じて、再び愛欲に溺れようと腰を揺り動かし始めた。

さきほどの老婦人のことは、もう頭になかった。

5.

日に日に焦燥が深まっていく。

仕事をしている間もツバサが気になって仕方ない。ちょこちょこと時間を見つけては、ツバサがいなくなっていないか家に電話をするようになった。

ボランティア活動で外に出るときは必ず行き先と時間をはっきりさせ、持たせた携帯のGPSで居場所を確認する。

試験が終わるのはまだ先なのに、こんなに不安になるなんて。

夜は激しくツバサを抱き、日中動けなくなればいいとばかりに自分を刻みつけた。

金曜の夜ともなれば、箍《たが》が外れたようにツバサを貪った。

「……く、ぅん……、あ……、ヴィンセント……、もう、できない……」

ヴィンセントの体の下でベッドにうつぶせになったツバサが、かぼそい声で鳴く。

昨夜から何度も情交を重ね、二人分の汗と精を吸ったシーツはじっとりと湿り、あちこちに淫らにつかまれたとわかる皺が寄っていた。

閉めきったベッドルームに淫靡な匂いが立ち込めている。

痙攣する白い背中に唇を落とした。

「ツバサは動かなくていい……。全部俺がするから……。ただ俺を受け入れて鳴いていればいい。できるだろう?」

「でも……、も……、けん、きゅう、しつ……、いく……、じかん……」

時計は朝八時を指そうとしている。

シャワーを浴びて朝食を取ったら出かけていい頃合いだ。

オーランドの顔を思い出すといらいらした。なぜいちいちあいつに報告してセックスの指図までされなければならない。

「どうせモニタリングして、俺たちがセックスしてるのはわかってるんだ……。午後からだって構わないさ」

「あ……、う……」

ツバサは涙の筋の残る顔をシーツにすりつけたまま、機械的にしゃくり上げるばかりだ。

自分の体力も限界を超えて、すでに頭が朦朧《もうろう》としている。

昨夜から填《は》めっぱなしの男根を、再び揺り動かした。

「やぁ、ぁ……、あ、あ……、ゆるし、て……ぇ、……」

ツバサの声にも力がない。

もう泣き叫ぶ余力もないようだ。

男根で抉るたび後孔から溢れた白濁がツバサの尻の狭間と内腿を白く汚し、たっぷりとシーツにしたたたっている。

やりすぎだ、休ませてやらなければ。

そう思うのに情動が止められない。

誰にも渡したくない。この子が俺を忘れられなくなればいい。

本当はめちゃくちゃに傷つけてしまいたい。自分の痕をつけて、もう売りものにならないくらい。

この子を壊してしまったら、自分のものになるか？

――だめだ。傷つけたくない。

大事にして、可愛がって、喜ばせて、笑顔にしたい。

「……っ、ツバサ……」

汗だくの体を重ねて、涙を零すまなじりに口づけた。

「ごめん……、苦しくさせたね。俺のこと嫌いになった？」

「……すき……」

腹を空かせた仔猫よりも小さな声で答えるのに胸が締めつけられた。

この子は俺を決して嫌わないのだ。なにをされても愛しい恋人。

だから余計に切なくなる。

ゆっくりと雄を引き抜き、ぽっかりと口を開ける後孔に唇を寄せる。摩擦で熟《う》んだ赤い粘膜の中いっぱいに、ヴィンセントの欲望が溢れていた。

ひくひくと震える襞に舌先を伸ばす。

「ひ……、あ、いや……！」

「痛くないだろう？　気持ちよくないならやめる」

さんざんこすられて腫れ上がり、痺れた襞を舌先でやさしく撫でる。

「……、もち……いい……」

腿から尻を揉みほぐしながら、舌で癒していった。

やがてツバサは、意識を失うように眠りに沈んだ。


ヴィンセントのデータを見たオーランドが、いつも通り抑揚のない声で話しかけてきた。

「メンタル面に少々乱れが見えますね。なにかありましたか」

ヴィンセントは冷たいまなざしでオーランドを見た。

モニタリングして知っているくせに。

「別に。生きていれば感情の波くらいあるだろう」

オーランドはしばらくヴィンセントを観察していたが、なにも言わなかった。

　そしてツバサのデータを眺め、口を開く。

「最近少々行為が激しいようですね。ツバサの体力が消耗しています。ＳＭも許容範囲ですが、くれぐれも壊さないようにだけご留意ください」

「傷をつけた覚えはない」

　剣呑《けんのん》に睨むが、オーランドは気にした様子もなく受け流した。

「ただの確認です。セクサロイドですから、ある程度激しく扱っていただいてもいいデータが取れるでしょうが、あなたは大変紳士的に接してくださってますよ」

　おかしい。いらいらが止まらない。

　元来人当たりがよく、腹を立てることも少ない人間である。

　なぜツバサのことになると、こんなに感情的になってしまうのか。

　早く出て行きたくて、勝手に席を立った。

「今日はもう終わり？」

　尋ねると、オーランドは軽く首肯した。

「そうですね、わたしの方は終了です。ですがツバサはもう少々お時間をいただきます。申し上げたように、若干《じゃっかん》体力が消耗していますから、メンテナンス中ですので」

　す、と目の前が暗くなった。

　無理をさせた自覚はある。自分が体調を崩させてしまったのか。

可哀想なことをした、と深く深く足もとから沈んでいく気がした。

ヴィンセントの様子を見たオーランドが淡々とした声で言う。

「ご心配なさるほどではありません。まったく問題のない範囲ですが、なにしろ試験中ですので、細心の注意を払っているだけです」

ほ、と安堵《あんど》の息をつく。

こんなのはだめだ。やさしくしたい。やさしくしよう。

あの子をいつも笑顔でいさせたい。

「もう一時間ほどかかりますから、ティールームで休んでいただいていても結構ですよ」

「いや……、待たせてもらっていいかな」

「ご自由に。ではわたしはデータをまとめたいので、失礼します」

立ち上がったオーランドがヴィンセントの脇を通り過ぎる瞬間、思わず言葉が口をついて出た。

「ツバサは……っ」

去りかけたオーランドが足を止める。

「なにか？」

「ツバサは……、試験期間が終わったら……、売られるのか？」

「あなたの関与するところではありません」

オーランドの答えはにべもない。

ヴィンセントは奥歯を噛んで、声を搾《しぼ》り出した。

「……いくらだ」

「普通のビジネスマンに出せる金額ではありませんね」

やっぱり、と心の中でうな垂れた。

無駄だとわかっていても聞かずにいられなかった。

量産型とはいえ、『ラヴァー』でさえちょっとした車が買える程度の値段はする。家事用バイオロイドもしかりだ。

材質にそれほど高価なものを使っているわけではないバイオロイドでさえそうなのだから、すべてに生体部品を使い、高い人工知能を搭載したツバサはとても一般人に手が出るものではない。

拳を握ったまま立ち尽くすヴィンセントを見て、オーランドは眼鏡の下から冷静な目を向ける。

「あの子は人形ですよ。あなたを愛している素振りも言葉も、あなたが喜びそうなことを学習したAIが言っているに過ぎません」

「それでも……」

オーランドはめずらしくため息をついた。

「ヴィンセント。あなたはもっと割り切れる人間だと思ってました」

自分だってそう思っていた。

「そこまで想われるツバサが人間に近いという証拠ですから、わたしどもとしては喜ばしいですがね。あまり思いつめられるようなら、試験の早期終了を検討すべきでしょうか」

ハッとして顔を上げた。

「やめてくれ……！」

自分でも悲痛と思える声だった。

こんな言い方をしたら、余計に悪いイメージを与えてしまう。

「恋人と諍《いさか》ったり、関係に悩むのは、人間同士でも当たり前にあることですから。生涯のパートナーたりうるセクサロイドを開発している我々としては歓迎です。ですが、行き過ぎた執着は今回の試験の目的ではありません」

壊されては困る、ということだ。

期間終了までツバサといたかったら自重しろと。

オーランドが出て行ってから、下を向いて両手で顔を覆った。

「お待たせしてすみません。すっかり遅くなっちゃいましたね」

もう空は薄暗く染まり、街灯が灯《とも》り始めている。

研究室を出て、いつものように手をつないで歩き始めた。触れている手が温かい。

「俺のせいだろう。悪かった」

ツバサが謝る必要はない。

「体辛くないか？」

ツバサは笑って首を横に振った。

ヴィンセントに気遣わせまいとする健気さが切なく思える。

春の涼やかな風が体をなぶって通り過ぎる。ツバサの茶色い髪がさらさらと揺れた。

「ぼくは……」

ツバサが前方に視線を向けたまま、独り言のように呟いた。

「あなたにあんなふうに求められるの、嫌いじゃありません」

ずきん、と胸が痛む。

乱暴にはしていない。けれどやさしくなかった。辛いと泣くのを取り押さえ、何度も体を貫いた。

それでもツバサはヴィンセントを嫌わない。

愛していると、刷り込まれているから――。

「どうして……」

思わず声に出てしまった。

「はい？」

素直な目を向けてくるツバサを見られなかった。

どうしてこんなに好きになってしまったんだろう。始めから二カ月だけの契約恋人のはずだった。

自分のテリトリーに人を入れることはなかったけれども、それなりに遊び慣れていて、器用に恋人ごっこを楽しめると思っていた。

恋愛もセックスも自分が初めての、初心《うぶ》なロボットを相手にこんな気持ちになるなんて。

「ヴィンセント？」

つないだ手にぎゅっと力を込めた。

この手を離さなければいけない日を思うと叫びだしたくなる。

「ツバサ」

「はい」

ツバサから目を逸らしたまま言った。

「……ずっと一緒にいたい」

みっともない。

叶わない夢だとわかっている。

いい歳をして、恋愛経験も豊富で、誰かに追いすがることなんか考えたこともなかったくせに、本当にみっともない。

ツバサだって困るだろう。試験期間が終わったら別れるとわかっているんだから。

返事は期待していなかった。

ツバサは足を止め、ヴィンセントを見上げた。

「キス、してください」

まっすぐにヴィンセントを見るきれいな薄茶色の瞳に自分が映っている。

「ここで？」

手をつなぎこそするものの、ツバサはいつも人前ではそれ以上の行為をしたがらない。なにかに怯えるように、人目を気にしていたから。

それを、暗くなってきたとはいえ、周囲に人も多い場所で。

ヴィンセントを見つめたままキスを待つツバサに、少し背をかがめて口づけた。

触れた唇が離れると同時に、ツバサが嬉しそうにほほ笑む。

「本当は外でこういうこと、してみたかったんです」

明るく笑ったツバサが、つないだヴィンセントの手を引いて指にキスをした。

「愛してます、ヴィンセント。ぼくも、あなたとずっと一緒にいたいです」

ああ……。

目の奥が熱くなる。

先がないとわかっていても、今この瞬間に全力の愛情を傾けてくる。それが刷り込みであったとしても、愛おしいと思う。そんな存在を愛さずにいられない。

「愛してるよ、ツバサ……」

抱きしめて、髪にキスをした。

ツバサはヴィンセントの背に腕を回し、きつく抱擁を返す。

「ぼくはいつでも明日があるなんて思っていません。だから好きな人には毎日伝えたい。ずっとあなたと一緒にいたいです」

刹那《せつな》的に聞こえるが、偽りのないツバサの気持ちなのだろう。

ずっと一緒にいたいと、今思っている。だからそう伝える。先があるかないかではないのだ。

長い間抱き合って、だんだん夜の色が濃くなってきたときにやっと体を離した。

「ヴィンセント、行ってみたいところがあるんですけど」

＊

「ヴィンセントはずいぶんツバサに入れ込んでいるようです」

オーランドはコーヒーカップを片手に、眼鏡を押し上げた。

「そうだな……、正直、こんなに早く焦り出すとは思わなかった。いくら愛情を刷り込んでいるとはいえ、相手はロボットという認識のはずだからの」

「どうします？　期間はあと三週間残っていますが、早めに終了しますか。ツバサに危険が及ばないとも限らないと思うのですが」

博士は難しい顔をしてあご髭を撫でた。

彼がそうするのは、考えごとをしているときの癖である。

「うむ……。ツバサが納得するかどうか……」

「ツバサは離れたがらないでしょうね、ヴィンセントを愛していますから。なにをされても側にいたいと言うでしょう」

博士はむっつりと考え込んでいる。

「まあ、ツバサのご判断は博士にお任せします。わたしはヴィンセントの観察と記録を続けますので」

オーランドは興味深げに、データを眺めた。

＊

部屋に入って灯りを点《つ》けるなり、ツバサは「わあ…」と声を上げた。

「すごい、本当にベッドが大きいんですね！」

部屋の面積のほとんどを、巨大な丸いベッドが占めている。ツバサが行ってみたいと言ったのは、ラブホテルだった。

「お風呂がガラス張り！」

ガラス張りといっても、シティホテルやリゾートホテルの高級な仕様とは違い、単にシャワーをしている姿を部屋から見られるようになった安い作りだ。

ホテルならいくらでもラグジュアリーなところに行けるのに、ツバサはあえて安っぽいラブホテルを希望した。

「だって、一人じゃ行けないでしょう？　普通は友達とも行かないですし」

ラブホテルはかつて日本を含む一部の国特有の形態のホテルだったが、その手軽さと施設の面白さで一時この国でも乱立した。レジャー気分で楽しむカップルも少なくない。

「うわ……」

ベッドサイドにあるアダルトグッズの販売機を見て、ツバサが顔を赤らめる。

「……どうやって使うかわからないのが、いっぱいあります」

バイブ以外にも、多様なグッズがケースに入っていた。

中にはかなりマニアックなものも見える。

「使ってみたい？」

尋ねると、ツバサは顔を真っ赤にしたまま、

「あんまり怖くないのなら……」

と小さな声で答えた。

「じゃあ、きみが選んで」

拘束具の類《たぐい》も揃《そろ》っているから、布製の手錠くらいなら気軽に楽しめるかもしれない。

ツバサは恐れと好奇心の混在した表情で、いちばん小さなピンクローターを指差した。

「これ……」

「初めてだからそれくらいかな。あとで遊ぼう」

ツバサの能力的に、いろいろ教え込んだら柔軟に吸収するのだろう。いずれツバサを買う男は、そういう趣味を持っているかもしれない。

「――――……」

余計なことを考えるのはやめろ。

いまツバサといる時間を楽しもう。

ヴィンセントは頭を振って、不快な想像を追い出した。

気持ちを切り替え、背後からツバサを抱きしめる。

ツバサはヴィンセントに背を預け、上気した頬で肩越しに振り向いて見上げてきた。

「こんなところにいると、すごく……、エッチな気分になってきます……」

「いつも家でしてるのに?」

「いっぱいエッチなことしたいです」

「喜んで」

期待に潤む瞳を閉じたツバサに口づける。

二人でベッドに沈むと、安物のスプリングが動きに合わせて音を立てた。

首筋にキスをしながら、シャツのボタンを外す。合わせ目から手を挿し入れて、平らな胸を揉んだ。

「は、ぁ……」

ツバサはすぐに熱い息を漏らす。

ヴィンセントの頭を抱いて愛しげに髪を撫で、自分の乳首に唇が当たるよう胸を突き出した。

舐めてほしい、と行動で訴えられるまま、淡い色の胸芽を口に含む。

「あっ、ん……、っ」

ツバサの感じやすい場所だ。

軽く歯で挟んで引っ張ると、それだけでのどを反らして体を震わせる。

押し出された小さな先端を、側面を噛んだまま舌先でちろちろと撫でれば、ヴィンセントの腕の中で身をよじらせた。

「きもち、い……」

「気持ちいい？」

色を変え始めたそこをきつく吸い、宝石のような濃い赤に変える。

吸い出されて硬く尖り、敏感になった乳首を執拗に舐め回すと、ツバサは卑猥に腰をくねらせた。

「そっちばっかり……、いや……。こっちも……」

反対の乳首にはまだ触れてもいない。

それなのに期待ですでにもの欲しそうに胸粒がぷくりと膨らんでいる。

「俺はこっちを可愛がるので忙しいから、自分でしてごらん」

ツバサの手を取り、刺激を欲しがる乳首に指を触れさせる。

「え……」

ツバサは困惑した表情でヴィンセントを見下ろした。

「教えてあげるから。ほら、こんなふうに」

「あん……っ！」

指できゅっと押し潰すと、びくんと体が動いた。

濡れて吸われて色を変えたそこは感じやすいらしく、くりくりと転がすと何度もツバサの体が波打った。

「濡らすだけはしてあげる。気持ちいいから、ね？　同じようにしてごらん」

ツバサの指をしゃぶって濡らし、人差し指と中指で粒を挟ませた。外側から指を押してつませ、上に引っ張った状態でこねてやると高い声で鳴く。

「やぁんっ、あぁ……っ、あ、あん……っ」

「手を離すよ。自分で続けて」

ヴィンセントの言うことに逆らわないツバサは、羞恥に濡れながらも自分で乳首を弄るのをやめない。

素直なツバサに、もっといやらしいことをさせてみたくなる。

デニムのボタンを外して前立てをくつろげ、ツバサの空いた手を下着の中に導いた。

「あ……、や……」

「いやらしいことしたいんだろう？」

ツバサは薄目を開けてヴィンセントを見つめ、もう形を現し始めた雄蕊をゆるく握る。

「はぁ、あ……」

薔薇色の唇からため息が零れた。

ツバサの全身を見下ろせる程度に体を起こしてから、耳もとで囁く。

「俺を想って自分でしてみせて」

可愛いツバサ。

恋人からの要求にならなんでも応えようとする。

「ん……、ん、あ……、ヴィンセント……、ヴィンセント……、すき……」

目を閉じて、夢見心地に半開きになった唇で、ヴィンセントの名を繰り返す。熱に浮かされたように何度も言うから、そのたび愛しくなった。

下着の中で手を動かしているのがいやらしくて興奮する。露を結んだ鈴口が、動きに合わせて見え隠れするのも。

「すき……、すきです、ヴィンセント……、あいして、ください……」

ツバサの言葉に胸が絞られた。

愛してる、ではなく、愛してほしいと。

セクサロイドは愛したがりなのかと思っていた。ひたすら刷り込まれた相手を慕って、無限の愛を送るものだと。

愛されたがるセクサロイドを、心から愛しいと思った。

「愛してるよ、ツバサ……」

髪を撫でると、ツバサは目を開いてヴィンセントを見た。

瞳を潤ませ、呼吸を乱したツバサが愛しげにほほ笑む。

「キス……」

ねだられ、快感で乾き始めた唇に自分の唇を重ねる。

ツバサはヴィンセントの口内を貪るのと同時に激しく手を動かし始め、たやすく吐精した。

「ん……、んんっ……！」

白濁を吹き零した瞬間、息が続かなくなったようにヴィンセントの唇を突き放す。

「あ……、あ、あ……、いい……」

中に残った精液もすべて搾り出そうと、蜜をしたたらせながら手を動かしている。

「可愛かった。見せてくれて嬉しいよ」

汗ばむ額にキスをした。

ツバサは嬉しそうに笑って、

「今度はあなたに触りたい」

と積極的にねだってくる。

いやらしいことをたくさんしたいと言ったツバサの服をすべて脱がせ、互いに口で性器を愛撫できる形で、ベッドに寝転んだ自分の顔を跨《また》がせた。

ツバサの白く端整な顔の前には隆々《りゅうりゅう》と勃ち上がる自分の男根が、自分の顔の前にはツバサの陰部が丸見えの状態である。

こくん、とツバサが息を呑む。

咥えさせたのは玄関のところでした、あのとき一度きり。

「……こんなに大きかったでしたっけ……」

可愛くて、ちょっと笑ってしまう。

「いつもきみの中に入ってるサイズだよ。やり方は覚えてる？」

「アイスクリームを、舐めるみたいに……」

ツバサの小さな口腔では、もっと回数を重ねないとのど奥まで呑み込むことはできないだろう。

おっかなびっくり、舌を伸ばして熱いものに触るみたいに舐める様子は、仔猫みたいで愛らしい。

ヴィンセントの皮膚を味わうように表面を濡らしたあとは、教えた通りに根もとから上に向かってねっとりとした舌使いで舐め上げた。

陰茎の裏側を舐めやすいよう、手を使って腹側に倒される。

顔を横向けたツバサの温かい舌が茎の側面から裏筋を通り、先端の切れ込みをかすったときは痺れるような快感が走った。

「……、っ」

くぷり、と快感の露が溢れたのがわかる。

ツバサはミルクが垂れてきたとでもいうように、滲んだ先走りをぺろぺろと舐める。

それが気持ちよくて、舌が鈴口を通るたびにヴィンセントの肉茎は力を増し、太い血管を浮き上がらせながら膨張した。

「すご……」

膨らんだ亀頭が色づき、張り出した傘が力強く広がる。この部分がツバサの肉環の内側に引っかかって彼を鳴かせるのだ。

「ここ、気持ちいいですか……？」

そこも丹念に舐め濡らされると、雄茎が根もとからびくびくと震えた。

ヴィンセントの雄を舐めるのに夢中になったツバサの白い尻が目の前で揺れている。

「ツバサ……、先の方だけでいいから口に含んで。舌が届く範囲を舐めながら、手で扱いてほしい」

ツバサは懸命に、膨れた先端部分を口に出し入れしながら、片手の指では回りきらない太さの雄茎を扱く。

蜜口を舌先でつつきながら吸われると、痺れるような白い衝動が精路を駆け上がった。射精に向けて睾丸が硬くしこり、きゅうっと上に持ち上がる。

「上手だね、気持ちいいよ」

褒めるとツバサはますます熱心に、唇で男根を扱く。

ツバサの小さな赤い唇に自分の赤黒い怒張が出入りしている卑猥な光景に、頭がくらくらする。

このままではツバサの口の中に出してしまう。

淡く色づいた柔襞が、犯されたがって淫らに呼吸を始めている。

手で双丘を割り開き、きれいに皺を寄せる後蕾をそっと舌で舐め上げた。

「ひゃうっ……！」

背をしならせたツバサが、口から男根を取り落とす。

さらに舌先で穿孔をくじると、細い腿を震わせて快感を訴えた。

「や……、あん……、されながらじゃ、できない……」

「しなくていいよ。握っててくれればいい」

ぎゅう、と茎の根もとをつかんだツバサの手に力がこもる。

血液が止められて、淫らな痛みが陰茎を襲い、ヴィンセントの息が荒くなった。

「……せっかくツバサもその気になってるんだから、使ってみようか」

さきほどツバサが選んだピンクローターを取り出す。

卵型のローターにコードがついた安い型が、おもちゃらしくて逆に興奮する。

スイッチを入れると、ピンクの塊がかすかな音を立てて振動を始めた。

「挿れる前に濡らさないとね」

手のひらにローターを持ったまま、ツバサの陰茎の根もとを包む。

「う……、あ……、あ、ん……、んん………」

ローターごと陰茎を覆った手をゆっくりと上下する。

「どう？　これくらいはまだ平気？」

「あ……、ん……、びりびりする、けど……、へいき……」

ゆるやかな刺激は、初体験のツバサでも抵抗なく楽しめるらしい。ブブブブ……、と振動に合わせてツバサの茎が揺れている。

後蕾をひくつかせ、鈴口からとろりと蜜液をしたたらせた。

「そろそろいいかな」

「え……、ひゃっ、あ……！　あぁっ、あぁあ――……っ！」

ローターと陰茎を包んでいた手を、蜜を零す先端部分に移動した。

逃げかけるツバサの腰をつかまえて、振動するローターで亀頭全体を満遍《まんべん》なく撫で回す。

「やだっ、なにっ……、なにそれ……、ぁぁぁ……！」

若いツバサの蜜はすぐに溢れ出し、小さなローターとヴィンセントの手のひらをぐしょぐしょに濡らしていった。

「やあぁあっ、やぁ、それっ、へんっ……！　へんです、やめて……っ！」

「へん？　どんなふうに？」

ツバサは髪を振り乱して頭を打ち振るいながら、高い声で叫ぶ。

「……って、るっ！　だめ、だめ……、いってる、みたいで……っ！　いやぁ……っ」

いちばん敏感な部分を道具で虐められ、ツバサは悲鳴を上げた。目に映るツバサの白い太腿ががくがくと揺れている。ツバサはヴィンセントの男根に頬を押しつけて縋る形で啜《すす》り泣いた。

ローターを離すと、がくりと頭を垂れて脱力した。それでもヴィンセントの雄を手放さないところがいじらしい。

「たっぷり濡れたから、楽に入るよ」

言いながら、さっきから刺激を求めて口を閉じ開きする後蕾に、蜜まみれになったローターを沈めていった。

「う……、ああ……」

内腔に埋めきると、白いコードが後孔から伸びて、いかにもおもちゃを含んでいる見た目が卑猥だった。さらに蕾がかすかに震えているのが、中でローターが振動しているとわかって余計いやらしい。

「苦しい？」

「これくらいなら……」

蜜口ほど敏感ではない粘膜は、適度な刺激と興奮をツバサにもたらすらしい。

自分から舌を伸ばして、再びヴィンセントの雄に奉仕を始めた。

可愛い恋人にこんな痴態を見せられたら、自分も長く持ちそうにない。

口の中に出してもツバサは受け止めるだろうが、やはり体をつなげて気持ちよくしてやりたい。

コードを引っ張るとローターの一部分が顔を出す。

ツバサの淡紅色の柔襞から、人工的なピンク色が覗《のぞ》くのが刺激的だ。

半分まで引っ張り出し、肉環でローターを咥える位置で止めた。

「ふ……、ぅ……」

内腔より感じやすい部分だ。

ローターの端を指でつまんで抽挿《ちゅうそう》すると、襞はローターを中に引きこみたがってきゅうきゅうと締めつけてきた。

ときおり快感に負けて男根を取り落とす不器用な口淫が可愛くて、めちゃくちゃに撫で回したくなる。

「んぅ……、ヴィンセント……、もう……」

舌を伸ばして肉茎を舐めながら雄越しに濡れた瞳で懇願されて、獣のような欲望が膨れ上がった。

「やぅっ……！」

手荒くローターを引き抜くと体勢を入れ替えてツバサの背をベッドに押しつけ、足首をつかんで片脚を大きく開かせて肩に担ぎ上げた。ローターでほぐれた穿孔めがけて、猛《たけ》った雄をねじ込む。

「あああぁぁ――――……っ！」

興奮にぐず濡れだったツバサの粘膜は柔軟にヴィンセントを受け入れ、精を搾り上げようと蠕動する。

あまりのよさにため息をついた。

「最高だよ、ツバサ……」

挿入の衝撃で涙を散らしたツバサが顔をほころばせた。

「ぼくも……、すごく気持ちいいです……。動いて……」

ぬく、といちばん奥まで雄を押し込むと、眉を寄せたツバサの唇から吐息が漏れる。

好きで、好きで、可愛くて。

快感を示して反り上がるツバサの雄蕊をゆっくりと手で扱きながら、味わうように緩やかに腰を動かした。

「あ……、あ……、ん、それ……、きもちいい……」

ツバサも悦んでいる。

快感より、つながる喜びを感じたい。

反対の脚も持ち上げ、膝の裏側に腕を通して両膝を開かせ、正面から深々と自分をうずめながらキスをした。

「愛してる……」

ツバサもキスを返し、ヴィンセントの頭を抱き寄せた。

「愛してます、ヴィンセント」

嬉しくて、愛おしくて涙が零れた。

ヴィンセントの涙がツバサの頬を濡らす。

ツバサはヴィンセントの涙を唇で拭い、母親のような温かさでヴィンセントを抱きしめた。

「あなたも涙を流すんですね……」

深い、愛情に満ちた声だった。


翌週のデータ採取日、ヴィンセントが研究室に入るなり、オーランドはめずらしく眉を顰めた。

「きちんと食事をしていますか、ヴィンセント」

顔色が冴えないのは自覚している。

刻一刻とツバサとの別れが近づいていると思うと、食事がのどを通らなくなってきた。それでもろくに食べていない割にはあまり変化はないと思う。

「見ての通り、倒れない程度には。データを採るのに影響がなければ、栄養剤を飲んでもいいかな?」

「……データ採取中に点滴をしましょう。スタッフに用意させます」

「助かるよ」

眠らされている間にやってくれるなら時間が省ける。

ヴィンセントの食事量が減っていることを、ツバサも気にしている。彼に心配はかけたくない。

夜は本当に慈しんで甘やかしながらツバサを抱き、そのまま腕に閉じ込めて眠る。ツバサの匂いを嗅いでいると安心する。

せめて試験期間が終わるまでのあと二週間、ツバサと愛し合いたい。

「では、横になってください」

診察台に横になり、目を閉じた。

オーランドが手際よくデータ採取のための装置を取りつけていく。

すぐに脳を睡眠状態に導く電気信号が流れ込み、ヴィンセントの意識は黒く塗りつぶされた。

＊

オーランドとヤマナカ博士が診察台の横に並んで立ち、眠るヴィンセントを見下ろした。

「ヴィンセントに食欲の低下、睡眠障害などが見られます。どうしますか、博士」

博士はヴィンセントを見ながら、あご髭を撫でた。

「ふーむ、まだ試験を中止するほどの範囲ではないが……、あと二週間か。どうする、ツバサ」

尋ねられたツバサは、椅子にかけたまま苦しげにヴィンセントを見た。

「……不思議です。ぼくの……ロボットのために、ヴィンセントがこんなふうになるなんて。彼は本当にぼくを……、いえ……。食事はなんとか取ってもらえるよう工夫しますし、彼が落ち着けるよう努力します。一緒にいさせてください」

「……人生のパートナーたりうるセクサロイドの開発が私たちの研究だからのう。苦しいときに逃げていては試験にならんな。もう少し様子を見よう。頼んだぞ、ツバサ」

ツバサは切ない瞳でヴィンセントを見つめ、頷いた。

＊

できるだけツバサと過ごしたいのはやまやまだが、週末になれば一緒にいる時間が長くて抱きつぶしてしまいそうだ。

体調はいまひとつだが、日曜はスポーツジムに足を向けた。少し体力を削って、ストレスを発散してきた方がいい。

それでもヴィンセントと一緒にいたがるツバサは寂しそうな顔をするから胸が痛む。けれどツバサはヴィンセントの気持ちを尊重して、「いってらっしゃい」と健気に笑いながら、二人をイメージしたソックモンキーの手を振って送り出した。

のんびりと公園を横切って、ジムへ向かう。

気乗りがしないのでのろのろと歩いていると、遊歩道脇のベンチに腰かけた女性から声をかけられた。

「あの……」

足を止め、声の方を振り向く。

「なにか？」

見れば、声をかけてきたのはいつかツバサが見て逃げ出した老婦人だった。老婦人の後ろに、大学生くらいの清楚《せいそ》な少女が立っている。

「あなたは……」

老婦人はよろよろと近づいてくるとヴィンセントの顔を覗き込んだ。あまりに近づかれたので、半歩ほど後ろに下がる。

「ヴィンセント……？」

「？　はい」

なぜ彼女がヴィンセントの名前を知っている？

あのときツバサは自分の名を呼んだだろうか。

少女が慌てて老婦人の肩を抱き、やさしい力で後ろに引いた。

「おばあちゃん、失礼よ。ね、もう気が済んだでしょう。帰りましょう、こちらの方だってお忙しいのよ」

少女は申し訳なさげにヴィンセントを見ながら頭を下げる。

老婦人はキッと少女を睨みつけた。

「おだまり。あたしはこの人と話がしたいのよ。やっと会えたんだもの、邪魔をしないでちょうだい」

そしてヴィンセントに向き直り、皺だらけの顔を柔和にほころばせた。

「ねえ、ひさしぶりにお茶を飲んでいきなさいな。あんたの大好きなグリーンティーがあるのよ」

言葉はしっかりしているが、先日の様子といい、どうやら年齢的に見て認知や記憶の混乱があるようだ。

少女は困って眉を寄せた。

どうせスポーツジムに行くのも気乗りがしなかった。ならば今日は老婦人の話し相手になるのも悪くない。

ヴィンセントは安心させるようにほほ笑んだ。

「構いませんよ。特に急ぎの用事もありませんから。えーと……?」

少女はありがたそうに目礼した。

「わたしはエマ。祖母はトンプソンと呼んでいただければ」

「ありがとう、エマ。ではトンプソン夫人、喜んでご招待お受けいたします」

トンプソン夫人は破顔してうんうんと頷くと、杖をついて歩き始めた。

ヴィンセントはエマと並んでその後ろをついて歩く。

エマはトンプソン夫人には聞こえないくらいの声で、「すみません」とヴィンセントに囁きかけた。

「祖母は以前、図書館の隣にある自宅の一角でティールームをやってたんですけど、病気をして五年くらい前にお店を閉めたんです」

どうやらその自宅に向かっているらしい。ツバサと行った図書館の方角である。

「一年ほど前からどんどん記憶があやふやになって。今はティールームをしていたときに記憶が戻っているようなんです。ときどき昔の常連さんだと思って知らない人に声かけちゃうんです」

なるほど。

ヴィンセントも、昔の客の誰かに似ているのだろう。

「ティールームを開いていたくらいなら、美味しいお茶が期待できそうだ」

エマの気持ちを軽くしてやろうとそう言うと、彼女はホッとしたように笑顔になった。

「ごめんなさいね。いつもはここまで頑固じゃないんだけど、どうしてもあなたには会わなきゃって、毎日公園であなたが通るのを待ってたんです」

そこまでとは思わなかったのでさすがに驚いた。

毎日つき合っていただろうエマも大変だ。たまたま会える時間に通りかかってよかった。

数歩前を歩いていたトンプソン夫人が、ふと足を止めて振り向いた。

「今日はツバサちゃんは一緒じゃないのかい」

一瞬会っただけのツバサのことを覚えているのか。意外と記憶力がいいのではないか。

「あの子が来るんだったら、ランチセットには大好きな目玉焼きを出してあげようと思ったんだけどねえ。ツバサちゃんとほら、あんたのために、醤油だって用意してあるんだよ」

「――……え？」

足が止まった。

「醤油……？」

目玉焼きに？

研究室帰りに寄った喫茶店で、ツバサは目玉焼きに醤油をかけていた。

当たり前のようにヴィンセントにも渡してきたけれど。

それを、どうして彼女が知っている？

あり得ないほど心臓がばくばくし始めた。あのときからツバサの様子がおかしくなった。ヴィンセントを避けるようにして。

彼女は誰だ？　いや、ツバサは……、俺は。

「ずっと気になってたんだよ、あんたたちのこと。ツバサちゃんからもらったソックモンキー、まだ大事に取ってあるんだから」

心臓が、破れるかと思った。

6.

すっかり日が傾く時間になって、ようやくヴィンセントはマンションの扉を開けた。

「ヴィンセント！　おかえりなさい、遅かったですね」

心配顔のツバサが玄関に座って待っていた。

いつもと同じ顔なのに、知らない人間を見るような気持ちでツバサを見た。

「ヴィンセント……？」

ヴィンセントの様子がおかしいことに気づいたツバサが、首を傾《かし》げながら上目遣いに見てくる。そんな仕草も、いつものツバサなのだけれど。

ツバサの顔を見ながら、機械的に口を開いて声を出した。

「きみは、誰だ？」

ツバサは困惑した表情を浮かべた。

「ヴィンセント？　意味がわかりません。ツバサです。それとも……、バイオロイド、と言わなければいけませんか？」

なにをとぼけている。

「バイオロイド……。そうだな。きみはバイオロイドで、ツバサ、だ」

ツバサはますます困惑して眉を寄せた。

「他になんだというんですか？」

「トンプソン夫人を知っているだろう。図書館の隣のティールームの」

ひゅ、とのどを鳴らしてツバサが息を呑んだ。

その反応で、間違いなく知っているとわかった。そうだろう。でなければ、あのときトンプソン夫人を見て逃げ出した説明がつかない。

目の端で、コンソールテーブルに乗ったペアのソックモンキーを捉える。

ヴィンセントとツバサをイメージしたというぬいぐるみは、仲よく腕を絡ませて楽しげな表情を作っている。

――嘘つき。あれは俺じゃなかったくせに。

手にしていたスポーツバッグから、トンプソン夫人から借りた古ぼけたソックモンキーを取り出す。

ツバサは怖ろしいものを見るように目を見開き、そのソックモンキーを凝視した。

「それは……」

「……きみが二十年前、トンプソン夫人に渡したものだ」

ヴィンセントは後ずさりするツバサの両肩をつかんだ。

「きみ……、きみの中には、人間の〝ツバサ〟の記憶が入ってるんだろう？」

「え……?」

ふつふつと、腹の底から怒りが湧き上がって来るのを感じる。

目の前の小さな顔が愛おしいぶんだけ、裏切られた怒りが自分を包んでいく。

「俺はきみの恋人の代わりか。死んだ恋人にそっくりな俺を、身代わりにしてたんだろうっ⁉」

怒りで視界が真っ赤に染まる気がした。

硬直したツバサの腕を乱暴に引いて寝室に連れこみ、ベッドの上に投げ出す。

ツバサが起きあがる間も与えずのしかかり、両手首をまとめて頭上で取り押さえ、着ているものを引き裂いた。

「ヴィンセ……、んぅっ……!」

唇に噛みついて言葉を塞ぐ。

凶暴な衝動に突き動かされて、叫びを上げるツバサの服を剥《は》いでいった。


――二十年前のことだったという。

トンプソン夫人の開くティールームは、図書館に通う人々の小さな憩いの場になっていた。といっても当時でも図書館の利用者は多くはなく、ほとんど数人の常連だけの、家庭的な場所だったとか。

ツバサは引っ込み思案で友達がおらず、小学生の頃から一人で図書館で本を読んでいるような子だったらしい。

そんな子どもを気にして、なにくれとなく声をかけていたのが、図書館員の「ヴィンセント」だった。

金髪碧眼に恵まれた容姿をしていたにも関わらず、服も髪型も流行にも疎《うと》く、田舎《いなか》出身で素朴で気の弱い彼の趣味は本とジャズ鑑賞。

博識で派手なところがなく気のやさしい彼に、年頃になったツバサが惹かれていったのは必然かもしれない。

ヴィンセントとツバサは、いつも夫人のティールームに昼食や休憩に来ていたのである。

日本人であるツバサの食事の違いを面白がって真似したヴィンセントが、ツバサに倣《なら》って目玉焼きに醤油をかけだした。醤油とグリーンティーはツバサとヴィンセントのためだけに用意していたという。

トンプソン夫人の目から見ても、ツバサはヴィンセントに夢中だった。幼い憧れはいつしか恋心へと変化していく。

隠していても、恋愛感情というのは漏れてしまうものだ。

二人は決して人前で触れ合ったりすることはなかったが、恋人同士になったのは近くにいた夫人にはすぐにわかった。

ツバサの唯一の恋愛相談相手は、トンプソン夫人その人だった。

トンプソン夫人は年若いツバサが心配でヴィンセントに釘を刺したが、彼は常識を持った大人で、ツバサが十八になるまでは肉体関係を結ばないとはっきり言っていた。だから二人はキス以上の関係を持たなかった。

十八になったらあの人と結ばれる。

ちょうど同性婚が法律で正式に認められた折、ツバサはヴィンセントとの将来さえ期待していたに違いない。

ところがヴィンセントは、田舎の父母に幼なじみの女性との結婚を勧められた。田舎では同性婚などまだまだ偏見の目で見られた頃だ。

そのうえ父親が病気で体を壊し、戻ってきて家を継ぐことを要求された。

よくある話だ。

そしてツバサ自身も唯一の肉親である父親に大反対され、泣きながら夫人のもとに駆け込んできた。

皮肉にもその日はツバサの十八歳の誕生日だった。

一度でいいから、ヴィンセントと結ばれたい。

ヴィンセントは泣きじゃくるツバサを車に乗せ、最初で最後の旅行に出かけた。

――ツバサの希望した、海へ。

二人の乗った車が海に向かう途中の道で転落事故に遭ったと知ったのは、一週間以上経ってからだったという。

ツバサの父がトンプソン夫人に知らせに来てくれた。

ヴィンセントは即死、ツバサも大怪我を負って意識不明。

それからツバサも、彼の父も見かけることはなかったから、ツバサはきっと助からなかったのだろうと思った。

夫人の手もとには、美味しいお茶のお礼に、とツバサが贈ったソックモンキーだけが残ったという。


「これ見るたびに、ツバサちゃんとあんたのこと思い出してねえ。今度また二人で遊びにおいでって、ツバサちゃんにも言っといておくれよ」

そう言ったトンプソン夫人から、ソックモンキーを借り受けた。ツバサに突きつけて問い質《ただ》したくて。

トンプソン夫人の中では、二十年前に事故があったということと、ヴィンセントとツバサが変わらぬ姿で目の前に現れたということのつながりのなさがわからないらしい。彼女の想い出の中で生きる二人は、過去の人間だという事実と重なっていないのだ。

幸いエマは大学の課題があるからと部屋に戻っており、トンプソン夫人の話を聞いていなかった。

トンプソン夫人の家のリビングボードには、ティールームの常連たちと一緒に写ったヴィンセントとツバサの写真が飾られていた。集合写真の上に色褪せたそれははっきりしていなかったが、それでも「ヴィンセント」の顔立ちが自分によく似ていることは見て取れた。

あまりのショックに、どうやってトンプソン夫人の家を辞してきたのかさえ覚えていない。

ふらふらと公園を歩き、一人で考えたくて噴水のほとりのベンチに座って考えた。

自分が図書館員の「ヴィンセント」であるはずがない。

ただの他人の空似。

名前が同じなのもただの偶然。

その証拠に自分に彼の記憶はない。

ではツバサは――――?

トンプソン夫人を見て逃げ出したツバサが、他人の空似なんてあり得ない。

そもそもツバサはバイオロイドだ。作りものだ。ヤマナカ博士の技術で、ＢＩＯ－Ｖの研究室で作られた。

でもツバサには事故に遭った「ツバサ」の記憶がある。

どうしてかツバサそっくりの外見を持ったバイオロイドに、「ツバサ」の魂が入り込んだ？

もっと現実的に考えるならば、「ツバサ」の記憶を移植された？

だがどうやって。なんのために。

「………博士」

ツバサを作ったヤマナカ博士に聞いてみるしかない。少なくともなにか知っているはずだ。

ツバサは何者なのか。彼の中に誰がいるのか。

博士の研究室は携帯などの機器を持ち込み禁止にしている。博士と連絡を取りたかったら、会社に電話をかけて研究室につないでもらう必要がある。

まずは会社にかけてみたが、オペレーターの返事は、博士もオーランドも会議中でいつ終わるかわからないということだった。

博士の携帯の留守番電話には、聞きたいことがあるから電話をしてほしいとメッセージを残した。

ぼんやり連絡を待っていても何時になるかわからない。

焦燥に突き動かされながら、図書館に足を向けた。ツバサたちの事故の資料があるかもしれない。携帯で検索するより、図書館のデータベースの方がいいだろう。

ツバサにはもっと自分の頭の中を整理してから尋ねたい。

逸《はや》る気持ちを抑えながら図書館のコンピュータで事故のことを調べたが、トンプソン夫人から聞いた以上の情報は手に入らなかった。

ただ、亡くなったヴィンセントの写真だけは、はっきり正面を向いたものが記事に掲載されていた。

それを見て、心臓がいやな音を立ててぎしりと軋《きし》んだ。

――――自分と瓜《うり》二つだ。

名前も同じヴィンセント・ジョーンズ。同姓同名だけなら、ヴィンセントもジョーンズもありふれた名だから不思議はない。だが顔までそっくりとなると……。

ぐしゃりと前髪をかき上げて握った。

ああ、混乱する。こんなのはおかしい。納得のいく説明が欲しい。

ツバサになにが起こった。あの子は事故で亡くなったのか?

どうしてこの男と自分が同じ顔なんだ。これではトンプソン夫人が自分を事故で亡くなったヴィンセントと思いこんでいるのも無理はない。

ツバサの恋人とそっくりな人間を見つけたから、博士たちがグルになって自分を利用しているのだろうか。

考えて考えて、これまであった違和感を次々と思い出す。

初めて会ったときのツバサの態度は大袈裟だった。だが、長い間離れていた恋人と再会できたとしたら？　どうしても体をつなぎたいと頑《かたく》なだったのも、事故で叶わなかったと考えたら不自然ではない。

海を見て悲しげだったり、結婚式を見て泣いたこと。

いつでも明日があるなんて思っていないから、好きな人には毎日愛を伝えたいと言っていた。それはきっとこの事故があったから。

そこまで考えて、衝撃的な事実にやっと気づいた。

――自分は、「ヴィンセント」の身代わりだったのだ……。

体の中を電気が通り過ぎたようなショックを受けた。

なぜ自分が「ヴィンセント」と同じ顔と名前を持っているかわからない。

けれどツバサがいつも目に映し、愛を囁きかけていたのは、二十年前に亡くなった恋人だったのだ。

どうやってかツバサには「ツバサ」の記憶が植えつけられた。

いや、二十年前に死んだ男と自分がそっくりという気味の悪い符合を考えると、もしやバイオロイドに「ツバサ」の魂が入り込んだのではという非科学的なこともあり得るのでは、とさえ思う。

どちらでもいい。

ツバサが記憶を植えつけられたのであろうと、二十年前の少年の霊であろうと、そんなことはどうでもいい。

怖ろしくもなければ、気味悪いとも思わない。

問題なのは――。

「………ツバサが見ているのは、〝俺〟ではないことだ」

ぽつりと呟いた瞬間、胸の奥でなにかがぶつりと音を立てて切れた気がした。

*

自動監視システムから警告音が発され、自宅で眠っていたオーランドは飛び起きてコンピュータに近づいた。

システムの情報を確認し、ヴィンセントとツバサの現在位置が監視エリア外であることを知り、急いでヤマナカ博士に連絡を取る。

「博士、ヴィンセントとツバサが監視エリアを出ました。長距離の移動をしているようです。事前の報告は受けていません」

研究所で落ち合うことを決め、素早く着替えて部屋を出た。

オーランドが到着したときには、すでにヤマナカ博士はコンピュータの前で緊張した顔をしていた。

「昼間、ヴィンセントから留守電にメッセージが入っておってな。聞きたいことがあるから電話をくれということだったからかけたんだが、自己解決したと言われて……。気にはなったんだが、明日会社ででも聞いてみようと思っておったんだ」

「なにかあったのでしょうか……。カメラの記録によれば、ツバサを抱いてマンションを出ています。ヴィンセントはかなり興奮しているようです」

バイオロイドの体内にはＧＰＳ機能つきのＩＤチップが埋め込まれている。位置情報を確認したオーランドが眉を寄せる。

「まだ離れていってますね……。速度からみて、車での移動でしょう」

「止まったら捕獲に行くぞ。近くまではヘリで、現場までは車を使う。手配を頼む。ツバサに危害を加えさせるわけにはいかん」

観察中のバイオロイドと人間が遠くに移動した、というだけでは警察に連絡することもできない。

博士は焦燥を逃すように指でとんとんと机を叩き、ため息をついてスクリーンを見た。

「ツバサ……。無事でいてくれ……」

＊

波の音が聞こえる。

海に臨む高台に作られたコテージの窓を開ければ、眼下には広い海が広がっていた。

どこまでも続く青が目にまぶしい。

「……ん……」

小さな声が聞こえてヴィンセントが振り向くと、真っ白なシーツを敷いたベッドの上で、ツバサが目を開くところだった。

白い肢体を投げ出して眠るツバサを、自分のものにしたいと思う。

試験期間はあと二週間ほど。

そうしたらツバサの記憶は洗い流され、新しい主人に売られるのだろう。

他の人間に奪われるくらいなら、いっそこのまま連れ去りたい。どこまでも逃げて二人で暮らしたい。

そうしたらいつか、死んだ恋人を忘れて自分を愛してくれるだろうか……。

ヴィンセントはベッドに近づくと、目覚める直前でまぶたを痙攣させるツバサの頬をそっと撫でた。

「おはよう、ツバサ」

ツバサはゆっくりと目を開いてぼんやりとヴィンセントの顔を眺め――ハッとして飛び起きた。

周囲をきょろきょろと見回して、不安げなまなざしをヴィンセントに向ける。

「ここ……、どこですか。なんで……」

「海辺のコテージだよ。以前行ったところよりずっと離れた場所だけど。海、好きだろう?」

昨夜はツバサが気を失うまで抱いた。

それから彼を車に乗せ、一晩中走って遠い海沿いの町までやってきた。

「ヴィ……」

名を呼びかけたツバサが、不審げに自分の手足を見る。

やっと自分の姿に気づき、大きな薄茶色の目を見開いた。

「なに……、なんですか、これ。ヴィンセント……」

全裸のツバサの両手首は黒い布製の手錠がはめられ、足首にも同じものがつけられている。手錠の間は短い鎖でつながれている。足錠の鎖はもう少し長めではあるものの、鍵がついていて自力で外せるものではない。

「逃げられないようにね」

怯えた目をするツバサに、どうしても声が冷たくなってしまう。

俺が怖いのか。あんなに愛したのに。

「傷ができないように肌に当たる部分は布製だけど、特殊な生地でできてるから人間の力では破れないよ」

それでもツバサは手錠を外そうともがく。

外れないとわかっていても、怖くて体が勝手にそうしてしまうのかもしれない。

「破れないって言ってるだろう」

ツバサの動きを抑えるため、正面から片手で細い首をつかんだ。

ひくっと息を止めてツバサが動きを止める。

あくまで動きを抑えるためで、力は入れていない。苦しくはないはずだ。

けれど自分の瞳が凶暴な光を孕んでいるのがわかる。

「ヴィン、セ……」

どうしてそんな目で俺を見る。

死んだ恋人の代わりに、ツバサが俺を身代わりにしていることに気づいてしまったから？

「……ツバサ。俺のことが好き？」

凍りつきそうな声音だった。

ツバサがごくりと唾を呑むのが、のどをつかんだ手のひらに伝わる。

「すき……」

頭の後ろがカッと熱くなった。

「嘘つき！」

ツバサの華奢な体をベッドに仰向けに突き倒す。

怒声に怯えて硬直するツバサを、両手両膝をついて囲い、上から見下ろした。

「トンプソン夫人から全部聞いたよ。俺はきみの恋人の身代わりなんだろう。同じ顔と、名前をしてるから」

冷たく見下ろしたまま、小さく縮こまるツバサの性器を握り込んだ。

「ひっ……！」

「なにを怖がってるんだ。握り潰したりしないよ。俺がきみにそんなことするわけないだろう」

やわやわとすり立てるが、そこはまったく反応しない。

「や……、いや……、なに、するんですか……」

なにするって？

今さら。

「セクサロイドにすることをするだけだ」

さんざんしてきたくせに。

ツバサの瞳に傷ついたような色がよぎる。

「いや……」

力ない声での拒絶に腹が立った。

顎を捉えて口づけようとすると、首を振って抵抗する。

ますます腹が立った。

今まで一度だって抵抗したことなんかないくせに、好きな男の身代わりにできないと思ったらこれか！

「やめて！　ヴィンセ……、ん、んんっ……！」

叫ぼうとする唇を手のひらで塞ぐ。

「しゃべるな」

自分でもゾッとするほど低い声だ。

「今きみにその名を呼ばれたら、別の男の名を呼ばれている気分になる」

口を覆われたツバサが、首を横に振った。

「ちが……」

手のひらで押さえられて、くぐもった声で否定しようとする。

「しゃべるなって言ってるのに。……ああ、口を塞いでしまえばいいね」

上半身を起こし、手早くボトムの前を寛《くつろ》げて男根を取り出した。

そして顔の上に跨がり、無理やり開かせた口に無慈悲に男根を押し込んだ。

「う……、ん、ぅ……っ」

首を振って逃げるのを許さず、形を覚えさせるようにゆっくり出し入れした。

「セクサロイドだもんな。キスよりこっちの方が、口の使い方としては正しかったか」

わざと下卑た言い方をして傷つける。

悲しげなツバサの瞳を見れば胸が痛くてたまらないのに、止められない。

これは人形なんだ。セクサロイドなんだ。

そう、思い込もうとした。

「…………っ、最初から、こんなふうに扱っておけばよかった！」

ぐっ、と雄をのど奥までねじ込む。

「う、……っ、んんっ、んぅっ――……！」

ツバサの頭部を押さえ、性器にするように激しく抽挿した。

初めてのどを拓かれたツバサが、苦悶《くもん》の表情を浮かべ、硬く目をつぶる。根もとまで挿入すると、奥の方はとても狭い。凶暴な熱がさらに昂った。

えずきそうになるのをさらに男根で押し込める。ツバサの歯が当たるのも構わず乱暴に口を犯した。

ツバサの涙を見ると萎《な》えそうになる。

だから自分の手で茎を扱きながら刺激した。

「……っ、出すよ」

茎をつかむ手に一層の力を込める。

達する瞬間に上唇をかすめるように取り出した雄をツバサの顔の上で扱き、顔中に白濁を散らせた。

「うぁ……、ぁ……」

ぼとぼとと白い塊がツバサの顔を汚していく。

涙を溢れさせる目の上に、白く滑らかな頬の上に、口虐の余韻で女陰のように開かれた唇と、赤く膨れた舌の上にも。

「いやらしいね……。セクサロイドにはぴったりの表情だ」

揶揄に震えるツバサの顔に飛び散った粘つく白い体液を指に絡め、小さな口に挿し入れた。

舌を撫でれば反射的に唇を窄める。

指を根もとまで出し入れして、ヴィンセントの精を味わわせた。

「脚を開け」

なにをされるかわかっているのだろう。

おとなしく膝を大きく両側に倒し、ヴィンセントが弄りやすいよう腰を突き出した。

抵抗されても、言う通りにされても腹が立つ。

ツバサの唾液で濡らした指を、遠慮なく穿孔に潜り込ませた。

「あうっ……！」

「濡らしたんだから、ちゃんと力を抜けば痛くないだろう？」

硬く目をつぶって怖がるツバサは、いつものように上手に力を抜くことができないらしい。

「仕方ないな……」

ゆっくりとツバサの内側を探り、前壁の浅い部分にあるぷっくりとしたしこりを指の腹で撫でた。

「ひゃっ、あん……っ」

甘い声が上がる。

そのまま円を描くようにしこりを撫でてやると、ツバサはもじもじと腰を揺り動かした。

下腹の上で力なく垂れていたペニスが、少しずつ張りを強くして臍《へそ》に向かって伸びあがっていく。

「ん、ん、ん、あ……」

ツバサの粘膜が悦んで、受け入れやすくしっとりと湿り気を帯びる。

弄るたびに孔《あな》がやわらかくほぐれていく。

奥に引き込みたがるうねりを感じたとき、それを振り切るように指を抜いた。

「あっ……」

刺激が消えてもの足りないのか、ツバサの後蕾はぱくぱくと口を開いた。

ツバサの両膝を手で開き、ずっしりとした質量の男根をあてがう。

いつもは先端だけ挿れて馴染ませてから少しずつ押し引きして奥に進むが、今日は躊躇《ちゅうちょ》なくひと息に最奥までねじ込んだ。

「ひぅっ……！」

ツバサの顎が突き上がる。

突然の凶悪な異物の侵入に驚いた肉壁が、排斥したがるようにきつく男根を押し包んだ。

「……いつもより狭い」

「や……、あ……」

痛がるツバサの体の横に手をつき、尖った雄の先端で腸壁の奥をこねながら、涙を滲ませる顔を覗き込んだ。

「いやだ？　きみの大好きなヴィンセントのペニスだろう？　こういうことがしたかったんだよね」

硬く握った拳の指を唇に当てて痛みと揶揄に耐えるツバサを見ていると、凶暴な欲求が頭をもたげてくる。

「ツバサ。目を開けて。俺を見て」

ツバサがまぶたを開くと、涙でいっぱいの赤い目がヴィンセントを見上げた。

どれだけ傷つけられてもまっすぐな瞳を向けてくるツバサが愛しい。

頬を撫でれば、手のひらに頬をすり寄せて甘えてくる。

「ツバサ……」

プログラムだったらよかったのに。

そうしたら、今こうやって自分に向けられるツバサの愛が真実だと思えたのに。

涙が零れた。

聞かなければいいのに、そうせずにいられない。

「俺のことが好き……？」

かすれた声で、祈るように尋ねた。

応えないでくれ。

好きだと言わないで。

ひどくしてしまうから。

ぽたぽたと、ツバサの面に自分の涙が落ちていく。白く汚してしまったツバサの顔を、さらに涙で汚してしまう。

ツバサは手錠でつながれた両手で、ヴィンセントの頬を包んだ。

「愛しています、ヴィンセント……」

「……っ、ツバサ……！」

「あああっ……！」

ツバサに覆い被さって、めちゃくちゃに腰を突き動かした。

もうどうしていいかわからない。ツバサを手放したくない。でも自分を想ってくれない彼を愛するのは辛い。

愛してほしい。自分を見てほしい。

自分によく似た、知らない男のことなんか忘れて自分だけを。

好きになってもらいたいのに、こんなことをするなんて。

「ツバサ……、ツバサ……、俺を愛してくれ……！」

頭をかき抱いて抱きしめ、最奥を穿ちながら、いつまでも愛を乞《こ》い続けた。

7.

セックスに疲れて眠りに落ちたツバサの隣に立ちつくし、ヴィンセントは苦しい息を吐いた。

衝動的にツバサを攫《さら》ってきたことを後悔した。

バイオロイドにＧＰＳが取りつけられていることは知っている。捕まって研究所に連れ帰られるのも時間の問題だろう。

あのままマンションにいれば、少なくともあと二週間はツバサといられた。

偽りの愛情でも、ツバサの笑う顔を見られた。

ベッドの横に膝をつき、青い顔をしたツバサの頬を撫でる。

「ツバサ……」

ツバサがふと目を開ける。

ぼんやりと視線をうつろわせていたが、ヴィンセントを認めるとほほ笑んだ。

「……目が覚めたときにあなたがいてくれると嬉しい」

どうしてだろう。

あんなにひどいことをしたのに。

ツバサの穏やかな表情を見ていたら、怒りや焦燥が身を潜める気がした。ツバサに激情をぶつけたことで、抜け殻のようになっているのかもしれない。

「俺が、恋人に似てるから？」

「違います」

ぎこちない動きで上半身を起こしたツバサは、ヴィンセントの両頬を手で包んだ。

「あなたは全然あの人に似てません」

図書館で写真を見た。顔立ちはそっくりだったじゃないか。

「目玉焼きに醤油をかけないから？」

ツバサは吹き出すように笑った。

「それもそうですけど……、あなたの方がかっこいいです」

たしかに髪形は田舎くさい男だった。でもそれくらい。

ツバサはやや視線を伏せて、懐かしいものを思い出す顔をした。

「あなたは恋愛に慣れていて、最初から全然違ったのに、彼が過去を悔やんでやさしくしてくれているように錯覚して浮かれていたんです」

ずっと添い遂げたいと思っていた恋人となら、そう思うだろう。

……そんな話、聞いたら胸が痛いだけだけれど。

「あなたは完璧です。なにもできないぼくを上手にエスコートして、自信を持たせてくれました。ジャズなんて聞かなくて、本も読まない。でも見た目がそっくりなぶん、気づいてしまえばかえって違いが際立って見えてしまいました」

「そんなに違う？」

「あ、でも、やさしいところは同じです。ぼくはあの人のおかげで、寂しくない少年時代を過ごせました。感謝してます」

そしてツバサはふと寂しそうな顔になる。

「……やさしいけど、気の弱い部分もあったんだと思います。あの人はぼくとの関係が周りに知られるのをすごく怖がっていて、外で手をつないでくれることなんてありませんでした。こんなふうに攫って逃げてくれることも……」

ヴィンセントは苦笑した。

「褒められた行動とは言えないと思うけどね」

「ぼくが嬉しいからいいんです」

「嬉しい？」

ヴィンセントの言葉から信じられないという響きを感じ取ったからだろうか、ツバサは愛らしく唇を尖らせた。

「嬉しいですよ。そこまで愛されるなんて、ぼくは幸せ者ですね」

唐突にわかった。

激情をぶつけて抜け殻になったから怒りが消えたわけじゃない。ツバサが受け止めてくれたからだ。

「そんな泣きそうな顔をしないでください」

ツバサは慈しむようにほほ笑んで、ヴィンセントの頬を指先で撫でる。

「あなたが好きです。セクサロイドのくせに怯えてたぼくに、ただ添い寝してくれて安心しました。海で一緒に遊んでくれて楽しかったです。薔薇を買ってくれて、いつも手をつないで、誰の前でもぼくを愛してくれるのが嬉しかったです」

えーと、あとは……、と理由を探すツバサが、ちょっと困ったような笑顔を浮かべてヴィンセントを見た。

「とにかくあなたが好きです。プログラムでも、他の誰の代わりでもありません」

鼻の奥がツンと痛くなる。

「彼は……、多分、あの人が田舎に帰って結婚することを決めたのは、ぼくが怖かったからだと思います」

なんとなくわかる。

頑なな家族のいる気の弱い青年には、結婚を夢見る同性の恋人など重荷だったのだろう。

「今思えば、あれは憧れとか依存とか、そういうものだったんですね」

「でも、好きだったんだろう?」

「……はい。あの人の不器用なキスも好きでした。真剣な恋だと……、思ってました」

ツバサは笑顔を引っ込め、真摯な瞳をヴィンセントに据えた。

「あなたを愛しています」

「……………その気持ちが、刷り込みじゃないとどうしてわかる」

ツバサに「ツバサ」の記憶があるのはわかった。

けれどオーランドはあらかじめツバサに、ヴィンセントに対する愛情を植えつけると言っていた。

博士が記憶を移したのか、魂が入り込んだのかわからないが、もともとの「ツバサ」の記憶があるのだとしても、上書きされていないと言い切れるのか。

ツバサは視線を泳がせた。

「それなんですが……。ぼくは……、その……、ごめんなさい。あなたを騙《だま》していました」

「え?」

ツバサはためらうように唇を噛んだ。

「ぼくは……、ロボットではありません」

思いがけない告白が、急には理解できなかった。

「事故に遭ったぼくは大怪我を負って生死の境をさまよいました。父はぼくを冷凍保存して、長い時間をかけて欠損した体の部位を作ったのです。脳と一部の内臓を除いて、ぼくの体は父の手作りの生体部品です」

なにを言ってる？

「……生体部品だけで作られたバイオロイド……、ロボットなんだろう？」

ツバサは辛そうに首を横に振った。

「騙していてごめんなさい。ぼくは人間です。事故に遭って長い間眠っていただけの」

「じゃあ……、きみの父親は……」

「ヤマナカ博士です」

小柄な老人が愛しげに生体溶液に浮かぶツバサを見ていたのを思い出す。

「待ってくれ。じゃあなぜ、セクサロイドの試験だなんて嘘をつく必要がある」

想像したこともなかった展開に、脳が混乱する。

ツバサはとても苦しそうに口を開いた。

「……あなたがぼくを連れて逃げたことで、試験は終了になるでしょう。もう隠しておく必要はありません」

――なにか、聞いてはいけないことを聞かされそうな気がした。

「父は自分が反対したことでぼくたちが事故に遭ったと、ずっと気に病んでいました。父のせいではないのですが……。生体部品で補った体でいつか目覚めるぼくのために、恋人にそっくりのバイオロイドを作ろうとしたのです。でもぼくの体を作るのに精いっぱいで、バイオロイドの製造はとてもできるものではありませんでした」

ツバサの話している言葉はわかるのに、内容に頭がついていかない。

「父は『ラヴァー』を開発したことでＢＩＯ－Ｖに大きな利益をもたらし、次世代のセクサロイドを開発する権利を手に入れました。試作品の外見や試験対象を自由にさせてもらう約束で」

こめかみに心臓が移動してしまったように、どくどくと血流が音を立てている。

なんの口も挟めなかった。

「生涯のパートナーたりうる〝本物の恋人〟をコンセプトにしたセクサロイド……。人間と同じに動くようにプログラムするため、試作品には自分を人間と信じさせておく必要がありました」

滑らかに動くツバサの唇が、意味のわからない言葉を並べている。

それはいったい誰の話をしているんだ。

「でもデータを取るために、そして生体部品だらけで不安定かもしれないぼくの体のメンテナンスのために、毎週研究所を訪れても不自然ではないよう、ぼくをセクサロイドの試作品ということにしたのです」

ツバサが顔を上げ、ヴィンセントをまっすぐ見た。

今ツバサが話したことが脳に沁《し》みこむまで、時間がかかった。

「じゃあ……」

「……あなたはまだ起動して三カ月あまりの、汎用型ＡＩ搭載のセクサロイド試作品〝ヴィンセント〟です。家族や学校や前の会社の記憶も、注入されたものです」

胸にぽっかりと穴が開いたような気がする。

オーランドの実験動物を見るような目。当たり前だ、本当に自分は実験動物だったのだ。子どもの頃の夢なんかないのも当然だ。そこまでの〝記憶〟を注入されなかっただけ。

「俺は……」

全部プログラムなのか？

ツバサを愛しいと思うのも、あんなに胸が痛かったのも、怒りも。

あの涙も――――？

回収されて、記憶を洗い流されて新しい主人を愛するようになるのか。

ツバサを忘れて。

「この気持ちが偽物だって……？　俺がロボットだから……？」

そんな馬鹿な。

「ヴィンセント！　ぼくは、それでもあなたが……！」

ぐらりと視界が揺れる。

部屋の灯りが突然消されたように、ヴィンセントの意識は真っ黒に塗り潰された。

＊

ぼんやりとした光の中で、自分がふわふわと空中に漂っている気がした。

なにか考えようとする側から思考は砂のように崩れていって、なにひとつまともに考えられない。

自分の名前さえ思い出せない。

なんだろう、なにをしているんだろう。忘れてはいけないことがあった気がするのに。

意識までふわふわとしながら、気づけば無機質な部屋を見下ろしていた。

ベッドに誰かが寝ている。

その周囲に三人の人間が見える。なにか会話をしているようだ。

あれは――――。


「失敗です。バイオロイドが人間に危害を加えることがあってはなりません」

眼鏡をかけた黒髪の男が悔しげに、書類を机に叩きつける。

小柄な白髪の老人はあご髭を撫でながら、遠くを見る目をした。

「商品としての許可は下りんだろうな。愛情や感情が芽生えたこと自体は成功だった。だがヴィンセントは想像以上に人間だった。行動が予測できん」

――ヴィンセント。ヴィ・ン・セ・ン・ト。聞き覚えがある。

「原因を突きとめましょう。このまま開発を諦めるなんて」

「うむ……、だが、動かないことには……」

ベッドには、金髪の男が寝ている。

――見覚えがある気がする。

茶色い髪をした少年が、ぽろぽろと涙を流しながら、ベッドに寝ている男の顔を覗き込んだ。

――泣いている。可哀想に。

「どうして……。心臓も動いてるし、呼吸もしてるんです。どうして目が覚めないんですか」

「ツバサ……」

老人はそっと少年の肩を抱き寄せた。

――ツバサ。とても愛しい響きだ。

「わからん……。故障箇所が見つからん。しばらく食欲の低下や睡眠障害が見られたが、機能停止するほどではない」

「ぼくのせいですか……。ぼくが勝手にヴィンセントがバイオロイドだって話したから……」

老人は困ったように首を横に振った。

「それもわからん。人間なら、大きなショックを受けて眠りの世界に逃げ込めば目覚めないこともあるだろう。仮にそうだとしたら、ヴィンセントには人間と同じ心があるということになってしまう」

「……心ってなんですか。それはどこにあるんですか……。産まれたばかりの赤ちゃんや、動物にも心があるなら、ヴィンセントにあってもおかしくないじゃないですか」

少年は肩を震わせる。

「彼はぼくを愛していました。プログラムなんかじゃなくて、ぼくを欲しがってくれました」

きれいな涙が、はらはらと寝ている男の頬にかかった。

――泣かないで。

「ツバサ、少し休んだ方がいい。戻ってきてから、ほとんど眠ってても食べてもいないんだぞ。おまえの方が倒れてしまう」

「博士、ヴィンセントの記憶を洗い流してみましょう。新しい記憶を注入したら、目覚めるかもしれません」

「やめてください！」

少年は激しく首を横に振った。

「お願いです。これ以上彼を傷つけないでください。ぼくの恋人を実験動物のように扱わないで」

――恋人。

とても深い愛情が盛り上がってくる。

そうだ、この子は自分の……。

「ヴィンセント、待っていてください。ぼくは諦めません。科学者になって、いつかぼくがあなたを目覚めさせます」

少年が身を屈め、眠る男にキスをした。

「愛してます、ヴィンセント……」

流れ込んでくる温かさに、ふわふわとしていた意識が、急速に体の中に引っ張られて戻ってきた。


——……ああ、俺も愛してるよ、ツバサ……。


頬に濡れた感触があった。

同時に唇に触れるやわらかいものも。

目を開けると、愛しい小さな顔が、涙を零しながら自分を覗き込んでいた。

泣かないで。

「……ツバサ……」

涙を拭いたくて、ツバサの頬に手を伸ばした。

ツバサの目が見開かれる。

「ヴィンセント……！」

自分に覆い被さってきたツバサの背に腕を回し、温かな体を抱きしめる。

ツバサの匂いを深く嗅ぐと、心までゆっくり沁みこんでいった。

「よかった……、もう目が覚めないのかと……」

自分でもよくわからない。

長い時間眠っていたようでもあるし、一瞬目を閉じただけのような気もする。

腕を離してツバサの顔を覗く。

「おはよう」

挨拶すると、ツバサは泣きながらも笑顔を浮かべてくれた。

「おはようございます」

ヤマナカ博士は、目を丸くしてヴィンセントを見た。

「なにをしても目覚めなかったのに、恋人のキスひとつで目覚めるなんて……。きみはスリーピングビューティーだったのかね、ヴィンセント」

博士の言葉に、つい笑ってしまった。

「スリーピングビューティーでもスノーホワイトでも構いませんが。なんだかお腹が空きました。ロボットなのに空腹をプログラムしてくれるなんて、人間扱いしてくれてありがたいですよ」

ゆっくり体を起こすと、お腹と背中がくっつきそうなほど空腹を覚えていた。

涙を拭いたツバサが、

「じゃあ食事に行きましょう」

と笑いながら言った。

*

「ふむ。やはりどこにも異常は見られんな。もう服を着ていいぞ、ヴィンセント」

博士に促され、診察台から下りたヴィンセントは手早く服を身に着ける。

目覚めてからも何度も検査を重ね、そのたびに博士は首をひねった。なぜヴィンセントがツバサを攫うような暴走をしたか、その後眠りについたか、どう調べてもわからないという。

「不思議だ。そんなプログラムは入れていないのに」

調べられるごとに、自分の中で不安になってきている部分があった。それは……。

「博士……」

「ん?」

診察台に腰かけたまま、ぽつりと尋ねる。

「……ツバサに対する俺の気持ちは、プログラムなんですか?」

自分がバイオロイドだと知ってから、ずっと考えていた。

『ラヴァー』は最初にマスター登録をする。登録されたマスターを盲目的に愛するよう刷り込まれるのだ。

人間への暴力行為ができないようプログラムもされている。命令されても、サディスティックな行為はしない。適度に乱暴できるような、そんな複雑なプログラムは難しい。それに万にひとつでも、セクサロイドによる死亡事故を起こさないためである。

ヴィンセントにも、抑制のためのプログラムは入っているはずだ。だからツバサを攫ったことに疑問が出る。

ヴィンセントの問いに、博士はため息をついて椅子に深く腰をかけ直した。

「〝ヴィンセント〟は理想的な恋人として、ひたすら相手のことを考え、やさしく愛するようプログラムした」

そう聞くと、胸の中に黒い靄《もや》のようなものが広がる。

やさしくしたかった。ツバサのことを考え、セクサロイドにも関わらず最初の夜は途中で行為を止めさえした。

初めてのセックスは恋人以外に見られないようにしてやりたい、素敵な想い出にしてやりたいと、ツバサのことだけを考えた。

そう、プログラムされていたから――。

ツバサの涙を見て慰めたかったのも、どんな仕草を見ても可愛くて仕方なかったのも、植えつけられた愛情だったのかと思うと、暗い穴に堕ちていくような気持ちになる。

「きみのそういう顔が、私には不思議だ」

博士を見ると、難しい表情でヴィンセントを見ていた。

「状況に合わせて悲しい顔や苦しい顔もできるようプログラムはされている。だがあくまで、相手に合わせてだ。勝手に苦しんだり思いつめたり、そんなことはできない。できなかったはずだ」

自分はどんな顔をしているのだろう。

胸に手のひらを当てた。

「……自分のツバサに対する気持ちがプログラムなのかと考えると、この奥が痛いんです、博士。本当に故障じゃありませんか？　そういうプログラムでは？」

博士は黙って首を横に振った。

「きみにはツバサをあてがっただけで、ツバサそのものに対する愛情の植えつけはしとらんよ」

「だったらこの痛みはなんなんですか」

「失《な》くしたいかね？」

「…………」

しばらく考えて、「いいえ」と答えた。

きっと記憶を洗い流せば、この痛みも消える。でもツバサへの想いが消えてしまうくらいなら、痛いままでいい。

こんなふうに、普通の人間も考えるのだろうか。わからないけれど。

「おとぎ話のようじゃないかね、ロボットに感情が……、魂が宿るとは」

同じような会話を、図書館でツバサとした。

「きみは私たちが想像した以上に〝人間〟だよ、ヴィンセント。実に興味深い。これからも、私のもとできみを観察させてはもらえんかね」

人間に対するように許可を求められ、ヴィンセントはゆっくりと頷いた。

＊

「ヴィンセント。ツバサの就職祝いを兼ねて、ホームパーティーでも開こうと思うんだが」

「いいですね。ではそのときにこの前相談した……」

「うんうん、ツバサも喜ぶだろう」

あれからおよそ五年。

試行錯誤しながら、ヴィンセントとツバサは博士の管理下で暮らしてきた。

とはいえ、特にどこかに縛りつけられることもなく、普通に人間と変わりない生活を送っている。

モニターを備えているため、ヴィンセントとツバサは試験用に会社が用意したマンションをそのまま使わせてもらっている。生活を覗かれるのは気分がよくないが、致し方あるまい。ツバサはこの秋に大学を卒業し、ＢＩＯ－Ｖで働きながら大学院に通うことが決定している。これまでも忙しかったが、もっと忙しくなりそうだ。

本来ならヴィンセントは試験が成功すれば回収され、記憶を消去されてセクサロイドとして売られるはずだった。

試験結果が満足なものでなかったため、その計画は中止された。また暴走しては困る、ということだ。

だが人間らしい感情が芽生えたことは、今後のバイオロイド研究に重要と判断された。ＢＩＯ－Ｖは〝生涯のパートナー〟であるバイオロイドの開発を諦めたわけではない。そのため、研究材料としてＢＩＯ－Ｖに残されることになったのである。

ヴィンセントは人間のパートナーを持つサンプルとして、博士の管理下に置かれることになった。今も研究グループがデータを取り続けている。

引き続きＢＩＯ－Ｖの社員として働いてもいる。人間と変わらぬ生活ができるかどうか、これからも観察されていくだろう。

いつまで経っても外見の変わらぬヴィンセントが、いずれ周囲から不審に思われることは想像に難《かた》くない。だから博士はヴィンセントが仕事に戻ったとき、早々にバイオロイドであることを発表してしまった。

当時は社内騒然だった。のみならず〝人間と見分けがつかないロボット〟として世間からも注目を浴び、いっときずいぶん好奇の視線に晒されたものである。

そんな騒ぎも、様々な事件に溢れた世の中の飽きやすい人々からは、すぐに忘れられて流されてしまってホッとしたが。今では誰もヴィンセントがバイオロイドだと気にせず一緒に仕事をするし、食事や遊びにも誘ってくれる。

結局、ある意味博士たちは成功したと言える。

人間らしい思考や感情を持つロボットを作り出したのだ。安全基準の問題で引っかかってしまい、商品としてまだ実用化はされないけれど。

だがもし記憶が洗い流されたヴィンセントが売られることになっていたら、ツバサは悲しんだだろう。

そう思っていたのだが、ツバサと一緒に暮らせることになったとき、博士がこう言った。

「きみが売られたら、私が買おうと思ってたんだよ。ツバサのためにな」

博士はそのために二十年間遊びもせず、ツバサの生体部品を作るかたわらコツコツと貯金していたという。『ラヴァー』のヒットで多額の褒賞金と、会社での地位を手に入れられたのも大きい。

もともと研究が命だった博士は家庭を顧《かえり》みず、ツバサの幼い頃に妻とは離縁した。名門と呼ばれる学校にツバサを入学はさせたものの、家事はハウスキーパーに任せきりで、ほとんど家に帰ってくることもなかったそうだ。

だがツバサのもと恋人との交際を反対して息子を失いかけてから、二度と悲しませまい、幸せにしてやりたいとがむしゃらに、博士は息子のためにすべてを捧《ささ》げてきた。

そんな彼に安心してもらえたら、と思う。

人間とまったく同じにはできないけれど、自分なりに考えたことを博士に相談し、賛成してもらえた。

ツバサは喜んでくれるだろうか、困らせないだろうか。

こんなふうに人間もドキドキするのだろうと思うと、胸がくすぐったくてほほ笑みが浮かんだ。

「就職おめでとう、ツバサ」

ヤマナカ博士がグラスを掲げると、その場にいる全員がグラスを掲げ、口々におめでとうと祝う。

「ありがとうございます」

ツバサは嬉しそうに笑って、グラスに口をつけた。

就職祝いのホームパーティーは、博士の家で。

パーティーといっても、メンツはたった六人である。

ヴィンセントとツバサ、ヤマナカ博士はいつも通り。

それと記憶はあやふやになっていても、二人のことを心配してくれていたトンプソン夫人はぜひにと招待した。つき添いに孫娘のエマ。あれからツバサと二人で何度も夫人の家を訪れ、親交を深めている。トンプソン夫人はこの五年で車いすの生活になった。

そしてなぜかオーランドである。こちらは博士の招待だ。

相変わらず表情の少ない彼ではあるが、

「わたしだってあなた方のことは気にしているんですよ。博士とともにあなたを作ったんですから、愛着もあります」

愛着と言われると、嬉しいような気持ち悪いような気がするけれど、誰かに大事に思ってもらえるのは素直に嬉しい。

あとはペアのソックモンキーを持ってきた。いつも玄関に飾ってあるこのぬいぐるみたちは、自分たちの分身のような気がしているから。

それぞれ五年分の年月を重ねた外見をしている中で、老いることのない生体部品でできたヴィンセントとツバサは以前と変わらない姿をしている。ソックモンキーでさえ、若干色褪《いろあ》せて歳月を感じさせるのに。

こういう部分だけが不自然だが、リアルなバイオロイドが将来もっと増えたら、違和感がなくなる日が来るかもしれない。

トンプソン夫人はツバサの手を握ったまま、

「よかったねえ、ツバサちゃんよかったねえ、おめでとう」

と繰り返している。

彼女にとってもきっと息子か孫のような存在だったに違いない。ツバサも目に涙を浮かべて彼女を抱きしめた。

少人数なので、初対面の人間も打ち解けるのは早かった。オーランドとエマがいい雰囲気になっているのがちょっと意外だ。

使用済みのグラスをキッチンに持っていくのと引き換えに新しいグラスを用意しながら、ヴィンセントは自分がここにいられることをあらためて感謝した。

博士に相談して、ツバサにプレゼントを買った。受け取ってもらえるといいのだけれど。

「ツバサ」

ちょうど歓談が途切れたタイミングで声をかける。

「就職のお祝い、というか、受け取ってほしいものがあるんだけど」

なんだろう、とツバサが顔を輝かせた。

定番すぎるなと思いつつ、王道は外したくない。恋人のためにかっこつけることにも抵抗はない。

目の前で片膝をついたヴィンセントを見て一瞬で顔を赤くしたツバサの眼前で、取り出したリングケースを開いた。

「結婚してください」

指輪は博士と話し合って、ペンダントのチェーンに通しても違和感のない、石のないシンプルなプラチナリングを選んだ。

ただ、どれだけ人間に近かろうが、バイオロイドである自分に戸籍はない。だから法的に結婚はできないのだけれど。

「籍は入れられなくてごめん。でも結婚式だけでもしよう」

ツバサはみるみる目に涙を浮かばせた。

「ありがとう……。嬉しい、プロポーズなんてしてもらえるって思わなかったから……。はい。喜んで、ヴィンセント」

ツバサの指に指輪をはめ、そのまま手を引いて指輪にキスをした。ツバサが少し慌てた顔をして、

「ちょっと待っててください」

走って行き、すぐにテーブルに置いておいたペアのソックモンキーを持って戻ってくる。

ヴィンセントとツバサをイメージしたそのぬいぐるみを、ツバサはヴィンセントに差し出した。二人で初めて行った海で拾った白い殻のネックレスが、清楚な色で首の周りを飾っている。

「指輪とか用意してなくてごめんなさい。毎日この人形を見るたびに、この子たちみたいに、ずっと一緒にいようと心で誓ってました」

これがツバサの気持ちなのだろう。

ツバサは真っ赤な顔をして、ヴィンセントに真摯な目を向ける。

「本当は一人前になったら、ぼくからプロポーズするつもりでした。ぼくは父の後を継いでバイオロイドの研究をします。そのために専門の大学に進み、ＢＩＯ－Ｖに入りました。あなたのメンテナンスは一生ぼくがします。だから、ぼくと結婚してください」

じわじわとツバサの言葉が胸に沁みこみ、やがて華やかな感動が広がった。

守られるばかりだと思っていたツバサが、ヴィンセントを守ると誓ってくれる。そのためにＢＩＯ－Ｖに入ったと。

簡単そうに聞こえるが、ＢＩＯ－Ｖの開発部門はかなりの難関であるとヴィンセントも知っている。ツバサはヴィンセントが心配になるくらい、寝る間も惜しんで努力していた。

それが全部ヴィンセントのため――。

「あなたとぼくとの違いなんて、脳みそが自前かＡＩかってことくらいしかありません。同性

同士が結婚できるなら、いずれバイオロイドともできるようになるかもしれません。そのときは籍も入れましょう」

感動でなにも言えずにいるヴィンセントを、ツバサは照れたような上目遣いで見る。

「あの、返事は……？」

どれだけかっこつけようと思っても、大好きな恋人の前ではどうやら器用にはなれないようだ。

「喜んで、ツバサ」

ソックモンキーを挟んで抱き合った二人に、周囲から祝福の拍手が贈られた。

＊

ホームパーティーから帰って二人でシャワーを浴び、ベッドに座ったまま何度もキスを繰り返して愛の言葉を囁いた。バスローブ越しに触れ合う肌が温かい。

ツバサの手を引き、薬指に光るリングにも口づける。

「結婚式は、あの海辺のホテルでしょう」

初めて遊びに行った海辺のコテージから見えたホテルのことだ。タキシードを着た男性同士のカップルが幸せそうにしていたあの場所。

内輪だけのささやかな式で、ぜんぜん構わない。

神の前で永遠の愛を誓い、口づけを交わして祝福を受けられたら。

「ツバサなら、タキシードよりもウェディングドレスの方が似合うかもしれないな」

もちろん二人ともタキシードのつもりだけれど、想像して、本当に悪くないと思った。

ツバサはくすくす笑って、額をこつんと当ててくる。

「あなたが望むなら着ますけど」

相変わらず、ツバサはヴィンセントの希望はなんでも叶えてくれようとする。

その気持ちだけで嬉しくて、細い首筋にキスをした。

「でもなにも着ていないきみがいちばんきれいだ」

ツバサは少女のように頬を染める。

「見たい……」

耳もとで囁けば、ツバサはそっと目を伏せてヴィンセントに体を預けてきた。

薄紅色の耳朶を噛むと、腕の中の肢体がぴくんと揺れる。舌で舐め上げながら、バスローブの中に手を潜り込ませ、滑らかな肩を丸く撫でた。

「ヴィンセント……」

ささやかな吐息を漏らすツバサの唇を食みながら袖を抜く。

背を支えてベッドに押し倒し、バスローブの腰紐《こしひも》を解いた。いつもこの瞬間、ツバサの美しさにハッとする。

白いバスローブがまるで蝶《ちょう》の羽か花びらのように広がり、ツバサの体を芸術的に美しく見せる。

初めて見たときから目を奪われた。

ツバサもヴィンセントと同じく体のほとんどに生体部品を使っているから、見た目は歳を取らない。いつまでたっても、どこか幼い雰囲気を残した十八歳の少年のままである。

「きれいだ……」

ため息をつきながら心から言うと、ツバサは恥ずかしげに顎を引いた。

「あなたも脱いでください」

乞われるままバスローブを脱ぎ捨てると、ツバサの瞳が熱く潤む。

「あなたの方がきれいです……」

男らしい体つきだと自覚している。セクサロイドとして作られた肉体は完璧だ。男なら誰でも憧れるだろう。セックスで相手を悦ばせるため、ペニスも堂々としていて形もいい。硬度も角度も申し分ないと思う。

ツバサの肌を見て反応し始めたヴィンセントの雄は、すでに緩やかに上を向き始めていた。

ツバサがこくんとのどを鳴らす。

「好きです、ヴィンセント……」

ヴィンセントの頬を両手で引き寄せ、羽のように口づける。

目を閉じてキスを深めながら、やわらかな手のひらがヴィンセントの首筋を撫で、筋肉を確かめるように肩や胸をつかんだ。

細い指に体を撫でられると、そこから官能の痺れが生まれる。

「触っていいですか」

「もちろん」

ツバサは触れるのも触れられるのも好きだ。

自分もツバサも作りものの体なのに感じているのだと思うと、神秘的な感動に包まれる。

皮膚に張り巡らされた感覚機能が人工脳に信号を送っていると知っているのだが、ちゃんと興奮も快感もあるのが不思議でならない。

あらためて博士の技術に驚嘆するとともに、深く感謝した。

もし自分が感じなかったとしてもツバサは悦ばせてやりたいが、一緒に高みに登れる喜びは言葉にできないほどだから。

「本物の体だったときと、触られる感覚は同じ？　感じ方、前と違う？」

生体部品でできているツバサが人間と同じように感じるなら、自分も同じなのではないかと期待した。

「え……、と……、こういうこと、したことなかったから、そっちはわからないですけど……。

でも、ものに触ったときの熱さとか硬さとか、手触りとか……、そんなに変わらない気がします。味覚もちゃんとあるし」

そうなのか。

嬉しくなった。だったら、きっと自分も変わらないと信じられる。

ヴィンセントの手もツバサの肌の滑らかさを楽しんで、体の線に沿って脇から腰、腿までを往復した。

「ふ……、やん、くすぐったいっ……」

脇を撫でたときの声があまりにも可愛らしすぎて、ヴィンセントの雄がずきりと痛んだ。急速に熱が集まっていくのを感じる。

「あ……」

触れ合っている下肢が熱く硬くなったのがわかるのだろう。ツバサが頬を赤くした。

染まる頬にキスをしてから、額同士をすり合わせて瞳を覗き込んだ。

「今日はプロポーズを受けてもらえて嬉しいから、すごくやさしくしたいのに。あんまり可愛い声を出されると我慢ができそうにない」

きっと断らないだろうとわかっていても、自分との将来を形として受け入れてくれたこと、なによりツバサがヴィンセントのことを考えてくれていたことを知って、体の奥から新たな愛情が湧き上がって止まらない。ずっとヴィンセントのために頑張ってくれていた。

目の前の小さな顔を瞳に焼きつける。

この子が、この美しい人が、自分だけの生涯のパートナーなのだ。

「我慢なんて……」

必要ないです、と小さく呟く唇を食べてしまいたくて、味わうように噛んで舐めた。そんなことを言われたら、本当に自分を止められなくなってしまう。

顔中にキスを降らせ、膨らみのない胸を揉みしだきながら唇を下に移動していく。

首筋をきつく吸うと、血が集まって薔薇のように鬱血する。自分の痕をつけると、きれいな体を好きにさせてくれているのだという征服感でぞくぞくする。

キスマークをつけても、作りものの皮膚は自己修復機能が働いて、人間と同じように小さな傷なら数日で治してしまう。そんなところも人間と変わらない。

すでに尖った胸芽を口に含んで吸いながら舌先で舐め転がすと、ツバサの体がびくびくと跳ねる。

「ん……、あん……」

いちいち声が可愛くて下腹が熱くなる。

感じる顔が見たくて、肘をついた姿勢でツバサの顔を間近から覗き込んだ。

「え……、ヴィンセント……」

顔を見られながらされるのは恥ずかしいのだろう。目を逸らしかけたツバサの乳首を叱るようにきゅっとつまんだ。

「あっ……」

「俺を見て。見ながら感じて」

視線を絡めながら乳首をこねれば、ツバサが潤んだ瞳を揺らす。

見つめ合ったまま声を出すのは憚《はばか》られるのか、半開きにした唇を震わせて耐える様子が愛らしい。

ヴィンセントを好きだという気持ちだけで、なにをしても受け入れてくれる体。だからこそやさしくしたくも、めちゃくちゃにしたくもなる。

声を出させたくてわざと指先で押し潰し、指の腹でこね回し、つまんで引っ張って乳頭をくりくりと弄り倒した。

「や……、い、いじわる……、しないで……」

羞恥で快感を強めるツバサの興奮に、自分も引きずられる。

「してないよ。感じる顔が見たいだけ」

それが意地悪なのだとわからないわけではない。

ツバサが抗《あらが》わないと知っているから、そうやって羞恥に耐えてヴィンセントの欲望に応えてくれる姿に悦びを感じて興奮してしまう。

貪欲な自分。

それとも、ツバサが心の中でそうされるのを望んでいるから、セクサロイドである自分は自然にそれに応えてしまうのだろうか。

どっちでもいい。ツバサが悦んでくれれば。

「可愛い、ツバサ……」

「っ、……、ぁ……」

刺激を与えるたびに細まる目が、ヴィンセントを見つめている。愛しているのだと必死に告げているようで、胸が痛くなるほど愛しい。

「愛してるよ……」

自然に言葉が漏れて、口づけていた。

ツバサのまなじりからぽろりと涙の粒が転がり落ちる。

「好き……！　愛してる、ヴィンセント！　ずっと一緒にいて……！」

泣きながら縋りついてくる華奢な体を、力いっぱい抱きしめた。

互いに作りものの体でも、触れればちゃんと温かい。この温《ぬく》もりのためならなんでもできる。

体中を満たして溢れんばかりの愛情を分け合うように口づけて、息を呑みこんだ。

ツバサの繊細な肉襞をそっと撫でれば、びくんと震えて舌が止まる。指の腹で押し引きすると、心地よさげな吐息が漏れた。

背中に腕を回すと、ツバサの上半身が弓なりに反る。

首筋に唇を滑らせ、差し出されるようにされた胸の先端で、さきほどの刺激で赤く色を変えた乳首をちゅっと吸った。

「は、っあ……」

びくびくと揺れる体を丁寧に唇でなぞって下りながら、平らな腹の下で息づく雄蕊の先端に口づけた。

「っ……！」

期待の蜜がヴィンセントの唇を濡らす。

茎をつかんだまま左右に動かし、自分の唇に塗りつけるようにした。もどかしい刺激に、ツバサが焦れるように腰をよじらせるのが色っぽくていい。

「ね……、もっと……」

強く吸ってほしいと口に出せず、濡れた瞳でねだる。

根もとから全体を舌で愛撫してやろうと唇を離すと、ぐず濡れの先端との間に透明な蜜が糸を引いてヴィンセントの顎までを汚した。

大量に先走りを零したと知ったツバサの頬が羞恥で染まる。

見つめ合ったまま、わざと舌を伸ばして唇を汚す淫液をぐるりと舐め取った。

「甘い」

ツバサがさらに顔を赤く染め、

「うそつき……」

と恥ずかしげに責める。

「嘘じゃないよ」

ちろ、ともう一度先端を舌先で舐めた。

「すごく甘く感じる。多分、舌じゃなくて心が」

本当に甘い。

ツバサの体は、どこもかしこも甘い気がする。

感じてくれるたびに甘い香りが漂い、味わえばツバサの官能が流れ込むようにヴィンセントも恍惚《こうこつ》となる。

そしてその甘く蕩けた体に受け入れられる瞬間の熱さ……。

じわっと雄肉が熱を持つ。

ツバサの肉の締めつけを思うと、ごくりとのどが鳴った。早くつながりたくなって、濡らした指を後蕾に挿し入れた。

「ん……」

ツバサが折り曲げた指の関節を唇に当て、快感に耐える表情をする。

初めてツバサに触れたときからの癖だ。手のひらで口を覆ってしまうより可愛くて気に入っている。

ツバサの内側を探りながら、雄蕊全体を舌の腹で舐め濡らしていく。

横から茎を咥えて唇で上下に扱くと、つま先をシーツに立てて下腹を突き出すように腰が上がる。

「あんっ、あ……っ、それ……、きもちいい……！」

手でつかまれるよりやわらかい感触に加え、裏筋を舌で往復されるのがいいのだろう。つま先に力が入っていることもあって、指を咥えこんだ淫孔が痛いほど締めつけてくる。

指が痺れるほどのきつさに、ここに挿入ったときの想像で頭の後ろが熱くなった。

唇の上下に合わせて指を抜き差しし、前壁の膨らみを撫で回すと、欲しがる孔がぱくぱくと口を開き始める。

「は、ん……っ」

指を増やしても従順に呑みこんでいく。

濡らした茎を手でつかんで扱き立てながら先端を口で覆って吸い上げると、前立腺との刺激でひとたまりもなく精を放った。

「あ……、ああ、あ……」

精道に残った精まで吸い出される感覚に、ツバサが身震いする。

のどを鳴らして飲みこむと、ツバサの目が開かれた。

「え……」

「ごめん、飲んじゃった」

精飲はツバサが嫌がるので普段はしないけれど、今日は飲みたかった。自分を受け入れてくれたツバサの全部を味わいたくて。

味わったツバサの蜜は、やっぱり甘い気がした。

「美味しかった」

真っ赤になったツバサが可愛くてキスしたいけれど、さすがに控える。自分の精を飲みこんだ直後の口とキスするなんて嫌だろうから。

代わりに、ほぐした蕾に昂りきった雄をあてがった。

「いい？」

耳もとで囁くと、ツバサはためらうように視線を伏せて、

「ぼくも……、舐めたいです……」

と小さな声で言う。

すぐにもつながりたいのはやまやまだが、恋人が愛してくれるというのを断るなんてあり得ない。

ツバサが愛撫しやすいよう、ヘッドボードに背を預け、脚を大きく開いた。

ヴィンセントの雄は高い角度で頭を上げ、天を向いて隆々とそびえ立っている。

「好きです……」

宝物のように手を添え、愛しげに口づけたツバサに胸の奥がきゅんと絞られた。

ちゅ、ちゅ、と唇を押しつけ、舌を長く伸ばして傘の張り出しの下のくぼみをぞろりと舐めた。

「っ……」

とても感じやすい部分だ。

何度も情熱を交わしたツバサも、ヴィンセントの好きな部分を知り抜いている。

「気持ちいいよ」

言葉に出すと、ツバサはとても嬉しそうにする。その表情が本当に可愛くて、愛しくて。

「本当だ、甘い……」

うっとりとヴィンセントの蜜液を舐めたツバサに、体で感じる以上に心が気持ちよくて、愛しさで溺れてしまいそうになる。

さらさらの髪を指で梳《す》くようにして頭を撫で、頬にかかる髪を耳にかけた。

「好き……、ヴィンセント……」

丁寧に愛情を塗り込めていくような口淫にどんどん昂っていく。

傘の部分を小さな口で懸命に覆いながら吸い上げ、鈴口を舌で愛撫し、ぴちゃぴちゃと音を立てて美味しそうに舐めしゃぶる。

ヴィンセントの雄を握る手に指輪が光っているのを見て、胸の中で愛情が膨れ上がった。

「愛してるよ、ツバサ……」

ぐんと質量が増した男根が口に余るのか、舌で大きく舐めながら茎を扱く形に変わった。

「もういいよ」

出てしまいそうだ。

口中に出す前にとやさしく頭を押しやろうとすると、ツバサは目線で離したくないと訴えてきた。

「……口に出されるの、嫌いだろう？」

目の縁を赤く染めたツバサが、まるで腹を空かせた仔猫がミルクを欲しがるように赤い舌をちろちろさせた。

「ぼくも……、飲みたい、です……」

「いいの？」

恥ずかしげに頷いたツバサに、うなじの毛が逆立つほど興奮した。自分から飲みたいと言ってくれるなんて初めてだ。

ツバサが雄茎をつかみ直し、力を入れてすり立てる。

雄の先端が熱い口腔に包まれた。蜜を吸うように唇を窄めて先端を啜る。

「出して……」

乞われる声に誘われて、急速に白い熱が陰茎の根もとから駆け上がる。

ツバサの美しい形の眉が寄る。

精液を零さないように茎を抜き取ったあと、口に含んだままヴィンセントを見上げる顔にぞくぞくした。

頬を撫でた手を顎に滑らせ、指先で軽く持ち上げて上を向かせる。

「口……、開いて見せて……」

口淫の余韻でぼんやりするツバサが、唇を薄く開いて含んだ白濁をヴィンセントに見せつけた。

ツバサの小さな口いっぱいに精が溜まっている。白に塗《まみ》れた舌がひくひくと動いているのが卑猥すぎて、出したばかりなのに男根がじわりと熱くなった。

「いやらしくて、可愛い……」

思わず口づけて、舌同士を絡め合わせた。

「んっ、ぅ……っ」

ツバサがとっさに口を閉じようとするのを許さず、彼と同じ味を感じたくて、奪うように自分の出したものを半分飲み込んだ。

そのまま激しく口づけてツバサの息まで奪う。

「ふ……、ぁ、……ん、んん……っ」

舌を吸い出して甘噛みし、上口蓋を舐め回す。

上唇と下唇を交互に噛んで、戸惑う舌に自分の舌を絡め合わせては翻弄した。

「は……、あ、ぁ……」

ずるりとツバサの体から力が抜け、ヴィンセントにもたれかかってくる。

背を支えて抱きしめ、息を乱す唇にもう一度軽く触れた。

ツバサが恨みがましい目でヴィンセントを見上げる。

「ずるいです……、ぼくの分だったのに……」

こんなに自分を欲しがってくれることに、素直に興奮する。

「ごめんね、また今度」

もうツバサとつながりたくてたまらない。

力の抜けた体をベッドに押し倒し、両脚を肩に担ぎ上げた。とても深くまでつながれる体勢だ。

ずっ…、と雄を押し込めると、ツバサの肉筒は待ち構えていたように包み込み、きつく絞り上げてきた。

「すごいよ、ツバサ……。熱くてきつくて、すごく気持ちいい……」

「ぼくも……、おっき、くて……、あつい……」

どくん、どくん、と触れ合った互いの部分が脈打つのを感じる。

軽く腰を引くと、ツバサの粘膜が充溢を恋しがって、引き留めるように絡みついてきた。また奥まで突き入れると、根もとから先端まで温かな肉に包まれて快感に痺れた。

「あっ、ん……、ん、ん、あ、あああ……っ、あ……っ！」

体を揺さぶるごとに甘い声が上がる。

つながった部分から快感が湧き上がって、ツバサの体温を分けられた自分も本当に生きている人間のように思えてくる。

「ツバサ……、ツバサ……、きみといると、自分が人間のような気がする……」

ロボットなどではなく。

ツバサは快感で曇る瞳でヴィンセントを見つめ、愛しげに頭を抱きかかえた。

「あなたが人間でも人形でも、愛してます……」

どちらでもいいのだと言ってくれる恋人の気持ちに、涙が滲みそうになる。

「さっきも言いましたけど……、ぼくとあなたの違いなんて……、ん……、あ……、脳が、自前か人工かくらいしか、ありません……。一緒に変わらない外見のまま、歳を取っていきましょう?」

いつか彼の脳が病を得るまで。

もしくは古くなった生体部品が適合せず、体の機能が失われるまで。

「ずっと言おうと思ってたんです。ヴィンセント……、生まれて来てくれてありがとう」

ツバサの言葉で、目の前が白く輝いた気がした。

そうだ。自分は「生まれて」きたのだ。ツバサと愛し合うために。

人の腹から出て来たか、博士の手で作られたかの違いはあれど、この世に生み出されたことに変わりはない。

そして今、ツバサがそれを認めてくれた。彼の言葉で命を吹き込まれたように、鮮やかな感動が体中を駆け巡る。

心臓がどくりどくりと音を立てた。生きている証の音に聞こえる。

「ツバサ……」

抱きしめて、口づけた。

「ツバサ……、ツバサ……！」

愛してる。

「きみは俺の神さまだ。俺に命をくれた」

「あなたを作ったのは父たちですよ」

体を作ったのは博士とオーランドでも、自分に感情をくれ、命を与えてくれたのはツバサだ。

いつか図書館で見た絵本のように、自分にも魂が宿った。絵本はあそこで終わりだけれど、自分たちのおとぎ話はまだ続いていく。

泣きだした赤子を抱きしめる慈母のように、ツバサはヴィンセントを両腕で包み込む。ツバサの腕の中で自分が生まれた気がした。
互いに愛しい熱に溺れ合って、目を閉じる。
つないだ手に光る指輪が、二人を祝うように光っていた。

R.I.P.

「広い場所なんですね、お父さん」

切れるような冷たい風に晒されながら墓地に立ったツバサは、ゆっくりと周囲に視線を巡らせた。

——彼のお墓参りに行ってきます。

ツバサがそう言ったのは、諸々の検査や役員たちの会議を通してヴィンセントの処遇が決定し、やっと二人で暮らすことを許された冬の日だった。

どうしても二十年前に亡くなった〝ヴィンセント〟の墓参りをしたくて、父に頼んで彼の故郷へ連れてきてもらった。飛行機と電車を乗り継ぎ、さらに車を使ってやっとたどり着く、牧場と農地が続く田舎町である。

季節柄、花の飾られた墓碑は少ない。ヤマナカ博士は、赤くなった鼻をズズッと啜った。

「こっちだ、ツバサ」

博士に伴われて歩いていった先は、小さな灰色の墓碑だった。十字架の印とR．I．P．の文字とともに、名が刻んである。

〝ヴィンセント・ジョーンズ〟

その名を見れば、胸に甘苦いものがこみ上げた。

現在の恋人である〝ヴィンセント〟は家に残してきた。試験が失敗に終わった彼は、最低でも数年はＢＩＯ－Ｖの監視エリアから出られない。それに自分も、過去と現在の恋人を引き合わせるようなことはしたくなかった。

事故後に一度墓参りに来たことがあるという父に運転と道案内をしてもらい、一日半かけてやってきた。

ツバサは墓碑の前に花束を置くと、膝をついて目を閉じた。

胸に手を当てれば、ヴィンセントとの様々な想い出がまぶたの裏によみがえってくる。

――紙の本好きなの？　めずらしいね、嬉しいな。この本も面白いよ。

いつもひとりで静かに本を読んでいたツバサに、就職したてのヴィンセントが声をかけてくれた。

ミドルスクールに上がりたての自分は、最初は緊張して彼の顔も見られなかったけれども。

――隣に美味しいティールームがあるんだ。ケーキでも食べようか。

何度か言葉を交わすうちに、彼はトンプソン夫人のティールームに誘ってくれた。

父は仕事人間でほとんど家に帰って来ず、そんな父に愛想を尽かして母も出て行った。引っ込み思案の自分は親しい友人もできず、居場所は図書館だけだった。

若い正義感に溢れた彼は、可哀想な子を放っておけなかったのだろう。

ツバサの世界はすぐに彼でいっぱいになった。

知的で素朴で、それでいて農作業で鍛えたという男らしい肉体を持つヴィンセントに、ツバサは男性として憧れた。

それが恋心に変わったのはいつだったか。

多分、いつものようにヴィンセントの部屋に招かれて、ジャズを聴いていたときに口づけられた瞬間。

彼もおそらく魔が差したのだろう。ツバサがあまりにも、きらきらした目で彼を見つめるから。

もう十七歳で、性的な興味も持ち合わせていた。一気に心も体もヴィンセントに傾いたのだ。ヴィンセントに抱きつくのが好きだった。本と、紅茶の匂い。

もしかして、なかなか家に帰って来ない父親に対するような安心感を求めていたのかもしれない。

彼が自分を恋愛という意味で好きでいてくれたかはわからない。ただの同情だったのかも。

二人きりのときはキスをしたけれど、ヴィンセントは決して他人の前ではツバサを恋人扱いしなかった。二人の関係を知っていたのは、敏いトンプソン夫人だけ。

ヴィンセントが人目を気にしたのは、ツバサがひと回りも年下の同性だったのだから当然だ。寂しかったけれど、理解はしていた。

ずっと一緒にいたい。彼だけいてくれれば何もいらない。

ツバサの小さな世界にはそれしかなかったから、彼を失うと思ったとき、世界が終わるような気さえした。

父に反対され、ヴィンセントにも故郷に帰ると告げられ、せめて最後に一度だけでも彼の熱が欲しかった——。

「ツバサ」

まぶたを閉じて追憶に耽っていたツバサは、博士の声で目を開けた。

見上げると、父はどこか遠くを見ながら、奥歯を噛んで声を搾り出した。

「……おまえたちが、想いを遂げるために選んだ道だったか……？」

父の顎が小刻みに震えているのを見て、深い後悔に苛まれているのを知った。

「お父さん……」

ヴィンセントとの関係を告白したツバサに声を荒らげて大反対した父は、家を飛び出したツバサが彼と心中する道を選んだと思い込んだのだ。

自分のせいで。

だから事故のあと、がむしゃらに仕事をするかたわら少しずつツバサの体を作り、金を貯め、地位を手に入れた。

いつか息子を目覚めさせる。そのときは理想の恋人と、今度こそ添い遂げさせてやりたいと。

どれだけの想いを、ツバサに注いできてくれたのだろう。

鼻の奥がつんとして、急いで立ち上がって父の目を覗き込んだ。父の瞳も鼻も赤くなっているのが、胸に痛い。

「違います……！　もう……、ぼくたちはもう、別れるところでした！　最後に一夜だけ、一緒に過ごしたくて……」

ヴィンセントもツバサが欲しいと言ってくれた。

最後だから、想い出を作りにツバサの行きたがっていた海へ行こうと提案したのは、ヴィンセントの方だった。事故に遭うとは思わずに。

「そうか……」

静かに目を伏せた父の目尻から、涙がひと粒転がり落ちた。

「お父さん……」

父はこんなに小さかっただろうか。

落とした肩は痩せていて、抱きしめると骨ばっていた。

「すまなかった……、すまなかった、ツバサ……！　なんで喜んでやれんかったんだろう……、私だけでも、おまえの味方になってやらなきゃいけなかったのに……」

「仕方なかったんです、お父さんは悪くありません」

今ですら偏見の目で見られることはあるのに、あの頃はもっと世間は同性同士の恋に厳しかった。

自分の恋人ですら、その風当りに向かう勇気を持ってはくれなかった。でも誰が悪いわけでもない。仕方がなかった。本当にそれだけだ。

抱き合って泣くツバサと父の背後から、強い訛りを持った声がかけられた。

「だれだぁ、あんたらぁ」

どきりとして顔を上げると、色褪せた衣服に汚れたエプロンを纏った、恰幅のいい老女が立っていた。長年強い日差しに焼かれたとわかる皺だらけの赤い皮膚が、いかにも農場で働いているといった風情である。

「息子の墓に用かい」

ぎろりと、垂れ下がったまぶたの下から二人を睨む。

「……ジョーンズさん」

老女と父の言葉に驚いて、思わず彼女の顔を見つめた。老女は訝しげな顔をしていたが、やがて鼻の頭に皺を寄せた。

「あんた……、ヤマナカさんかい」

「事故のときと、こちらに墓参りに来たとき以来ですから……、二十年ぶりですな。ご無沙汰しております。ご主人は？」

父は当然、事故の際に同乗していたヴィンセントの両親と会っていただろう。二十年も経って、二人とも年齢を重ねて面変わりしているだろうけれど。

「もうとっくに息子《ヴィンセント》の側に行っちまったよ。あたしももう八十だからねえ。いつお迎えが来るか……。そっちの子は？」

ツバサに目を向けられて、心臓が跳ねた。

「あの……」

「孫です」

すかさず博士がそう言った。

ジョーンズ夫人に見つめられ、ツバサはごくりと息を呑んだ。

自分がヴィンセントと一緒に事故に遭ったツバサだと言っても、信じてもらえないだろう。信じたとしても、息子は亡くなったのに恋人は生きているなんて、不快にさせるかもしれない。いや、きっとヴィンセントは両親にツバサとの仲を隠していたに違いない。自分の息子がハンドルを握っていたときの同乗者と知れば、申し訳なく思うのが普通である。

そんな気遣いをさせるわけにはいかない。

ツバサは控えめに頭を下げるに留め、名乗らなかった。

ジョーンズ夫人はしばらくツバサを見つめていたが、やがて墓碑の前に置かれた花束に目を落とした。

「あんたんとこの息子さんはどうなったね、ヤマナカさん。大怪我で動けんと聞いとったが。あれから全然連絡なかったから、あたしも心配だったがね」

「……長い間眠っとりましたが、最近やっと動けるようになりましてね。ご連絡もせず、申し訳ありません」

「ええんですわ。事故起こした相手のとこなんか連絡したくないだろうからよ。助かってよかった。よかったねえ、ヤマナカさん」

ずきずきと胸が痛む。

もしも……、もしも自分が最後に抱かれたいなどと言わなければ、ヴィンセントも海へ連れて行こうとしなかったかもしれない。

そうしたら、あの事故にだって遭わなかったかも……。

もしも、とか。こうしていたら、とか。

考えても詮ないことはわかっている。でもずっと、心の奥に澱のように沈んでいる。

事故のことは一瞬の驚きしか覚えていない。

自分が二十年も眠っていたこと、突然年老いた父、新しい生体部品の体、そして恋人との時間をやり直せると聞いたときの喜びと、突然始まった新しいヴィンセントとの生活――。

目覚めてから自分のことで手いっぱいだったツバサは、落ち着いてからやっと〝ヴィンセント〟のことを考える余裕ができた。

自分の中で、もうヴィンセントといえば今側にいる彼のことで、亡くなった元恋人のことではなくなってしまっている。

自然にすり替わってしまっている自分の薄情さが厭わしくて、無理に〝ヴィンセント〟を思い出すたび胸が締めつけられた。

彼のことを忘れてはいけない、ずっと背負って行かなくてはならない。

自分も苦しむのが、彼への贖罪だと——。

しゃがみ込んで墓碑の周りの枯草を集めるジョーンズ夫人の背中に、心の中で謝った。彼女から息子を奪ったのは、自分かもしれないのだ。

でもそんなことを言っても、今さら彼女を苦しめるだけだ。

なにも言えず、ツバサはしゃがんで一緒に枯草を拾い始めた。

ヴィンセントは三人兄弟だと昔聞いたことがあったが、誰か家を継いで彼女の側にいるのだろうか。

黙って手を動かしていると、ジョーンズ夫人は誰にともなく呟いた。

「生きてる人間はなぁ、死んだ人間の足を引っ張っちゃいげねんだ」

「え」

「あの子は神さまのお側に行ったんだよ。いずれあたしらも行ける。悲しいことなんかなんもねえさ。残された人間の涙がな、天国への足を引っ張るんだ」

ジョーンズ夫人は、ちらりとツバサを見た。

「死んだ人間も、生きてる人間の枷になっちまったらいげねえよ。よすがになるのはええがね。べそべそすんよりも、笑って思い出してもらった方が幸せだろ」

幸せ。

すとんと、心の中に言葉が落ちてきた。

なにが天国に行った〝ヴィンセント〟の幸せなのか、考えたこともなかった。

勝手に苦しむことを償いのように考えて、自己満足していたのではないか。そんなこと、彼が望んでいるわけではないのに。

「ヴィ……」

名を言いかけて、ぐっと飲み込んだ。

自分が彼を知っているはずはないのだから、ジョーンズ夫人の前で不自然な振る舞いをしてはならない。

立ち上がったジョーンズ夫人は、ツバサの手から枯草を受け取り、持っていた袋の中にまとめて投げ入れた。

そして初めて顔をくしゃりとほころばせた。

「ありがとうよ、息子を忘れないでくれて。遠いとこから、ほんとにありがとな。無理に思い出す必要も、忘れる必要もねえ。でもまた思い出すときは笑顔で思い出してやってくれな」

零れそうになった涙を押しとどめ、博士と二人で頭を下げた。

ジョーンズ夫人は去り際、博士に肩を抱かれたツバサに笑いかけた。

「お父さん、大事にしなよ」

それがツバサを孫と紹介した博士の息子を指しているのか、博士を指しているのかわからなかったけれど、きっと彼女は自分がツバサだということに気づいていたろうと思った。

もう一度墓碑に目をやる。

『R.I.P.』――rest in peace――安らかに眠れ。

心の中で繰り返し、そっと胸に手を当てた。


二人で暮らすマンションのチャイムを鳴らす。

たった五日しか経ってないのに、もっとずっと長く離れていた気がする。

「おかえり、ツバサ」

いつもの笑顔がツバサを出迎える。愛しい恋人。同じ顔をしているのに、自分の中ではもう昔の恋人と重ならない、セクサロイドのヴィンセント。

彼を見るたびに無理に思い出そうとしてきた昔の恋人は、いつも厳しい顔をしていた。

でも今、かつての〝ヴィンセント〟は、ツバサの記憶の中で笑っている。

「ただいま、ヴィンセント」

憂いなくほほ笑み返したツバサの胸に、幸せな色がポッと灯った気がした。

あとがき

はじめまして。もしくはこんにちは。かわい恋です。

このたびは『リミテッドラヴァー』をお手に取ってくださり、ありがとうございました。

ダリア文庫さまでは初めての本になります。そして私個人のBLの本としては十冊目になります。

素敵な節目をダリア文庫さまで迎えることができ、とても嬉しいです。こんなに書かせていただけたのも、いつも応援してくださる読者さまがいてこそと心から感謝しています。本当にありがとうございます。

さて、この話は以前から書きたかったセクサロイドものです。それ用のロボットだから、いっぱい可愛がっちゃおう！　と最初から思っていました。

攻めのヴィンセントが甘やかしタイプなので、エッチ以外でもひたすら受けのツバサを可愛がっています。

今回は攻め視点なので、かわいこちゃん受けを愛でたい私にとって、「こんなことして喜ばせてあげよう」と、ご褒美みたいな気持ちでいっぱい可愛がらせていただきました。ヴィンセントにしても、「こういう人が恋人だったらいいいな」と思いながら書きました。

セクサロイドが出てくるということで設定としては近未来になりますが、それっぽい描写はほとんどありません。ので、ＳＦは苦手だなと思う方も、あまり違和感なく読んでいただけるのではと思います。

そしてこちらは契約恋愛ものでもありますね。期間限定の恋人だからこその執着、切なさなんかもみていただけたら嬉しいです。

毎回かなり好き勝手に書かせていただいていますが、今回も楽しく書かせていただきました。担当さま、今作では大変お世話になりました。原稿を読んで、ツバサがすごく可愛いと言ってくださって嬉しかったです。メールのお返事がいつも素早く、お電話でも明るく励ましてくださり、安心してお仕事ができました。これからもどうぞよろしくお願い致します。

Ciel先生、お忙しい中、挿絵をお引き受けくださりありがとうございました。記念すべき十冊目を先生の挿絵で彩っていただけますこと、感無量です。どんな二人を描いてくださるかと、とてもワクワクしています。先生の描かれる男前攻めと繊細な受けがが大好きです！

そしていつもお手に取ってくださる読者さま。初めてお手に取ってくださっている読者さまも。

この感謝の気持ちをどう言葉に表していいかわかりません。

思えば約三年半前、初めて本を出していただいたときは、十冊なんて夢物語だと思っていました。でも有難いことに機会に恵まれ、がむしゃらに走り抜けてきた気がします。

頭の中にはたくさんの恋人たちが溢れていて、でもみんなぼんやりとした輪郭でしかなくて。それが機会をいただけるごとにひとつひとつ形にしていけること、感謝が溢れて止まりません。

この先また二十冊なんて節目を迎えられたらなと遠い憧れを見つめていますが、言霊を信じてこれからも頑張ります。

また次の本でもお会いできますように。

かわい恋

Twitter：@kawaiko_love

お二人ともお幸せに！
Cid 2017.10

勘弁してくれ
崎谷はるひ
haruhi sakiya Presents
Illustration
冬乃郁也
ikuya fuyuno
俺のすること全部
気持ちいいんだろ？

ダリア文庫

✱大好評発売中✱

初出一覧

ダリア文庫をお買い上げいただきましてありがとうございます。
この本を読んでのご意見・ご感想・ファンレターをお待ちしております。

〒170-0013 東京都豊島区東池袋3-22-17　東池袋セントラルプレイス5F
(株)フロンティアワークス　ダリア編集部
感想係、または「かわい恋先生」「Ciel先生」係

この本のアンケートはコチラ!
http://www.fwinc.jp/daria/enq/
※アクセスの際にはパケット通信料が発生致します。

リミテッドラヴァー

2017年10月20日　第一刷発行

著　者
かわい恋

発行者
辻 政英
発行所
株式会社フロンティアワークス
〒170-0013 東京都豊島区東池袋3-22-17
東池袋セントラルプレイス5F
営業　TEL 03-5957-1030
編集　TEL 03-5957-1044
http://www.fwinc.jp/daria/
印刷所
中央精版印刷株式会社